岭南创作文丛

隔岸的灯火

史习斌　著

中国·广州

图书在版编目（CIP）数据

隔岸的灯火 / 史习斌著. —广州：暨南大学出版社，2015.9
（岭南创作文丛）
ISBN 978－7－5668－1519－4

Ⅰ.①隔…　Ⅱ.①史…　Ⅲ.①散文集—中国—当代　Ⅳ.①I267

中国版本图书馆 CIP 数据核字（2015）第 150428 号

……………………………………………………………………………………

隔岸的灯火
著　　者　史习斌

出 版 人　徐义雄
策划编辑　杜小陆　刘　晶　潘江曼
责任编辑　范小娜
责任校对　胡　芸
责任印制　汤慧君　周一丹
出版发行　暨南大学出版社（广州暨南大学　邮编：510630）
网　　址　http://www.jnupress.com　http://press.jnu.edu.cn
电　　话　总编室（8620）85221601
　　　　　营销部（8620）85225284　85228291　85228292（邮购）
排　　版　广州良弓广告有限公司
印　　刷　佛山市浩文彩色印刷有限公司
开　　本　850mm×1168mm　1/32
印　　张　6.75
字　　数　145 千
版　　次　2015 年 9 月第 1 版
印　　次　2015 年 9 月第 1 次
定　　价　28.00 元

总　序

学者的文学情结

很多人在生命的早年，甚至是孩提时代，被文学的神奇世界所吸引，都曾做过作家梦。后来因为这样那样的原因，大都选择了别的行当来延续自己的人生轨迹，真正能成为作家的只有少数。在大学中文系从事教学与研究的学者，多数属于曾有过文学梦想但没有全身心投入文学创作的一群人。出于兴趣或者生计的考虑，他们选择踏入学术的漫漫征途。他们先是经过了多年的历练与磨砺，掌握了较为系统的专业知识，练就了渐趋成熟的理论思维，但形象思维和艺术创造能力也相应受到了某种打压和遮蔽；后来，他们著书立说，主要是从学理的角度，将自我对文学的独特思考和深刻认识系统而缜密地阐发出来，为人们更准确地理解古今中外的小说、诗歌、散文、戏剧等提供一定的指导和帮助。尽管理论的思考与实践时常压抑着创作的冲动，但这些学者内心深处藏有的文学情结是始终不会泯灭的。这文学情结平素里常常蛰伏着、潜隐着，很难见其峥嵘，一旦遇到情感潮汐的冲刷，它们就将如春草一般破土而出，向世人展示其翠绿的生命和强盛的力量。这次“岭南创作文丛”推出的几位学者的文学作品集，便是他们心中沉埋的深挚文学情结的集中显形，是他们学术研究之外弥足珍贵的创作收获。

其实，中文系学者同时也是创作能手，也能写一手好文章，这在新文化运动以来的中国现代史上并非新鲜之事。鲁迅、周作人、朱自清、徐志摩、闻一多、沈从文、钱钟书、卞之琳、冯至、穆旦等，这些曾在高校讲台上传道授业的学者，哪一个又不是文学创作上的佼佼者呢？只是到了新的历史语境下，由于学术体制的日益强化和学者自身文学技能的欠缺，能在研究与创作上二者兼擅的人渐已寥若晨星，这不能不说是当今时代某种人文缺失在中文系里的生动体现。略感欣慰的是，在位于祖国大陆最南端、粤西大地的岭南师范学院，有赵金钟、谢应明、殷鉴、祝德纯、红筱、史习斌、张德明等一批学者，在学术研究之余，还能以文学之笔法，述眼中之观摩，抒心中之情绪，从而构成散文、诗歌、散文诗的文本形式，用以记录自我独特的生命体验和生存履历。这批学者的文学创作，有文字的俊秀之妙美，有情感的深切之魅惑，有思想的深隽之特长，他们作品的集中展示，使“新岭南作家群”这样一个具有某种文学史意味的命名，得到了较为具体和切实的确证。

作为现代文学专业的教授，赵金钟在胡风研究、冯友兰家族文化研究和新诗研究等方面可谓成果丰硕，在学术界有一定的知名度和影响力。《流彩的石头》是其从教近三十年来所创作的诗歌与散文的合集，两种文体他都能熟练驾驭，并写出了各自的特色和韵味。他的诗歌有情感的热度，也有修辞的新奇，更传递着对自然和生活的浓烈之爱。赵金钟的散文是对自己生命行旅的及时记录，举凡生活之点滴、旅途之见闻、观景之心得、读书之会意，都被他捕捉出来，转换为文字的演绎，白纸黑字之中，刻印下曾经的生命痕迹。从艺术层面上说，赵金钟的散文语言朴实且情感真挚，述事虽多用简笔但能让人如睹现场，写景只寥寥几笔就能将动人之画面推置到人面前，抒情虽用语不多但情绪饱满，撩人心襟，具有值得肯定的审美个性。

祝德纯的《竹影横斜》和史习斌的《隔岸的灯火》都是散文集。祝德纯以散文研究见长，她的学术著作《散文创作与鉴赏》2002 年在中国社会科学出版社出版，不久便获得了湛江市文艺精品奖一等奖，足见其散文研究的成绩是为人所认同的。祝德纯的散文以短章为主，篇幅虽短小，语意却绵长，话语尽管不多，但字句之中不失女性的细腻，数语之下能察见述物之精髓。祝德纯的散文笔力老到，情绪内敛，需细细品味才能识得其妙处，获得其真髓。此外，这本集子中收录的几篇旧体诗词，可以看作是祝德纯从特别的角度来抒发情志、感喟人生的文学文本，从中可以窥见作者心中存有的文人志趣和古雅情怀。史习斌对新月派的研究很深入，他的散文集《隔岸的灯火》也在一定程度上体现了新月派的绅士风情。作为从大山里走出来的农民的儿子，史习斌始终不忘那片大山、那块土地，在他的散文中，时常有对那片大山、那块土地、那群质朴憨厚的农民的描述与吟赞。作为高校老师，史习斌也对自己的本职工作有所沉思和表达。史习斌的文学视野是开阔的，散文题材也很丰富，除上述内容外，还有不少聚焦于亲情、爱情、友情的情感类散文作品，他异常看重亲人和朋友在他心目中的位置，也希望用文学的空间来承载这有限人生中的无限深情。同时，他对现代化进程中的城乡对立和文化对抗情态有着深度的审视，并在不少文本中进行了艺术的阐发。此外，他还有部分篇章是对某些纯粹审美问题的探讨与追问，富有一定的思辨性。总体来看，史习斌的散文已形成自己独特的叙述语式和结构特色，在风格上是趋于稳定和成熟的。

红筱和谢应明多年来从事散文诗教学与研究工作，他们对散文诗的理解颇有心得，在散文诗创作上也实力不俗，这次推出的《筱露斜阳》《雨夜·月夜》便是他们个人的散文诗集。他们的散文诗写作各具特点，一者以抒情性见长，一者以故事性取胜，展示了两种不同的文学笔法。红筱的散文诗借助这种独特的艺术形式，抒发了对自然和人生的挚爱之情。她的散文诗，常常富于奇幻的想象，抒情性较为鲜明。谢应明的散文诗往往流溢着真情，这种情感是正面的、积极的、向上的，充满乐观的情调和昂扬的气度。他的散文诗让人很少看到阴霾，很少看到愁云，也很少看到唏嘘感叹，大多是微笑着的字句、暖人心怀的言语、催人奋进的情感。同时，谢应明的散文诗善于描写令人回味的人生片段，从而让文字散发出“故事”的趣味来。

殷鉴在大学从事新诗的教学与研究多年，出版过好几本大部头的诗歌研究专著，在诗歌研究界反响强烈。在教学之余，他常会诗性大发，并诉之以文。这次推出的《一些神奇的字迹》，便是他这些年来创作的诗歌的集合。殷鉴的诗以小诗、短诗为主，可见他对“繁星体”小诗心领神会，颇有研究，并能用自己的文学实践将那种有关小诗的心得和领悟落实到文本之中。他的小诗虽三五行即为一篇，但往往具有情景性和画面感，也能营造出某种意境来，并显出诗人机智和风趣的生活情味。同时，殷鉴的一些讽刺诗，涉及对政治、军事、文化、历史、现实等方面的思考与反映，不失精彩和动人之处。

《行云流水为哪般》是张德明的第一部诗集，有不少曾在《星星》《绿风》《诗潮》《延河》等刊物上发表。诗评家写诗是近些年来较为突出的现象，其意义也颇为特别，著名诗人安琪曾指出：“批评家向来以理论见长，职业训练造就出的发达的逻辑思维如果再辅之以诗歌的形象思维，可谓相得益彰。写诗的批评家进入诗歌文本往往更能一步到位已是批评界的共识，而诗人们对会写好诗的批评家自然也有着天然的亲近和信任。”这是较有道理的，也可看作是对张德明在诗歌研究之外还能从事诗歌创作的某种肯定。

在当今商业化的语境下，文学的地位已日益边缘化，能坚守文学创作的人们是可敬的，学者的文学创作尤其难能可贵。正是因为这个原因，我们推出了这套“岭南创作文丛”，希望用这样的行动来弘扬中文系的优良传统，同时向伟大的文学致以深深的敬意。

最后还要感谢罗海鸥院长、刘周堂副院长和熊家良教授，他们为这套丛书的出版付出了很多心血，给予了极大的支持和帮助。没有他们的关爱与帮助，这套丛书的出版不可能如此顺利！

张德明

2015 年 5 月 23 日于南方诗歌研究中心

目　录

第二辑　在城市的枝头看见乡村的鸟鸣

第三辑　只如初见

第四辑　今夜无诗

第一辑　微风吹过山峦

那些年的山风吹绿了田野
吹熟了庄稼　吹肥了牛羊
吹开了闺房和泥土的秘密

村庄在山风的抚摸下安睡
鼾声唱响在母亲的摇篮里
最后醒了　四处寻找父亲

异乡的游子拾起一瓣残花
扦插在体温恒定的记忆中
微风拂过　姹紫嫣红开遍

我从山里来

我从山里来，头顶灰尘，脚沾泥土。

我从山里来，嘴衔山歌，手捧庄稼。

我从山里来，习惯将身子弓成九十度的谦卑。

我从山里来，总不忘把脊背直成挺拔的山峦。

大山。大山。走不出的大山！

如父亲的沉默，寂静无边，大山！

似母亲的唠叨，连绵不断，大山！

大山是伟岸的，刚毅似父亲的脊梁。

大山是博大的，宽容如母亲的怀抱。

也许你没看见过大山，正如我没看见过大海，他没看见过霜和雪。如果你从没到过山里，不要问我山的模样，我无法为你描述。我只能如水般温柔地告诉你——我从山里来！

你可以想象我的大山，想象我的山民。想象山里的生、山里的死。想象山里的爱、山里的歌。

山静默，我却在生长。某一天，我爬过大山的头顶，无数子民爬过大山的头顶。他们或浓墨重彩地告别，或悄无声息地离开。或心怀感恩，或满是怨恨。或是暂离，或是永别。

我不一样。我故意避开人群，独自以喊山的方式与大山告别。我说“再见”，大山跟着我说“再见”，我在心里跟着大山说“再见”……

瞬间，泪流满面。

大山并没有与我分开。我来到城里，大山站成一座座高楼；我来到海边，大山矗立成一座座灯塔；我回到故乡，大山已提前到达故乡，展露出肌肤让我踩踏碾压。

他说：我从山里来！

从此，我们便有了相同的语言。

微风吹过山峦

雨下了一夜，从大公路到院坝的那条土路又变得泥泞了，还不如干脆走路到学校，让车子在那里等着。从家里到学校其实不远，也就一公里，翻过一座山就到了，但中间要穿过农田、小树林和煤炭沟，无须经过人家。下雨也好，有机会重走这条路。只是现在天又晴了，热得很。近二十年没在村子里生活，天气也变得陌生了。

一家人不紧不慢地走着，用“城里人”的身体走“乡下”的山路，是不会太潇洒的。但每个人心中的记忆都似乎异常清晰，一路上喋喋不休：这一块田里的苞谷棒子最好吃，那几排茶树的树龄最老，这儿的红苕在上高中的那一年被野猪拱得一个不剩，那边整块田的苞谷在初中毕业那年被风吹倒一大片……

说到这里的时候，我刚爬过偏坎那几步最险的石阶，来到行程中的一个制高点。俯眼望下去，仍是一片绿，跟多年前一样；不同的是，这绿多半是荒芜的农田里疯长的野草，而不再是记忆中满处的庄稼。如今农民都不愿多种地了，只在荒野四周的中间点缀着一块玉米地，一条小径弯弯曲曲通向其中，倒是颇有诗意。我习惯性地在这个制高点上停留了几秒，恰逢一阵微风吹过山峦，轻轻撩起我的衣角和鬓发，顿时带来一丝凉爽和惬意。

这种感觉是熟悉的。小时候每天上学和放学都要走这条路，每次在这个突出而高悬的坎上都会遇见这样一阵风，有时候我还会故意在这里歇一歇，多吹一吹。很多年没走这条小路了，在这个一切都变得陌生的村庄里，终究还是有一阵风认识我，并执着地在那里等我。可是啊，这一阵山风，你要带我到哪里去呢？

就在这田间地头，漫山遍野的茶园里，星星点点的采茶人有说有笑，二十多年前的我正穿梭其间，一手提着茶壶，一手拿着水杯，来到每一个人面前为他们送来清凉的问候。接着来了这样一阵风，吹得茶树枝子左右摇摆，采茶人阵阵惊呼，一个个神仙一般舒服快活。不光是采茶，播种的时候，我会提着篮子在沙地里踩下一串脚印；收获的时候，我会蹲在地上往篓子里捡洋芋，或者踮着脚尖掰苞谷棒子。还有很多一个人的游戏，白露过后在苞谷地里挑甜杆儿，炎炎夏日钻进地里找黄瓜，或者在沟沟坎坎挖蕨菜，去田边林子里寻香菌……每当这时，一阵风吹过，总是无比爽快。有时风太紧，还夹着细雨，可对于农民来说，农活还是要干的，披一张胶纸当雨衣，手一动沙沙作响，但进度绝没有落下太多，不然只有喝西北风了。大风就不要来了，青苗和树秧都不是你的对手，每一片庄稼可都是农民的宝贝儿，又何必对它们下手呢？但在我的记忆中，村子里每隔几年就要来一次狂风，对所有的农作物斩尽杀绝。中等个头的苞谷本就差不多全部卧倒，还要受到折断的树枝的打压，瓜棚架子早已倒伏在地，矮小的洋芋杌子也是东倒西歪，就连茄子、辣椒也惨遭厄运。若是庄稼将收之时倒还可能有几分收成，如果遇到作物生长的旺节，这一年的收成就完全没有了。透过满地的惨象已经听到了饥肠辘辘之声。狂风过后，挨家挨户看一看，大门上无一例外都挂着秤砣，这是村民们祈求风停的特殊方式。但秤砣终究挡不住狂风，它肆虐地吹走了衣被，吹落了瓦片，甚至刮倒了房屋，家家户户都是愁容满面，再也没有了夏日傍晚一家人围坐在院坝里吹风乘凉的温馨惬意，也没有了冬天早晨赖在被窝里听窗外寒风呜呜作响的悠闲享受。

一阵山风带我回到了过去，回到了这个村庄，回到了我的老家，那里有简单的幸福和深重的苦难。

我是家里的老幺，母亲四十岁时生下我，爷爷奶奶、外公外婆我一个都没见过，一直也很少听说。倒是母亲曾经经常提到她的母亲（我们叫奶奶），说奶奶去世前全身生疮卧床不起，如何如何的造孽。当年的我不懂事，听多了还觉得总是讲一些陈芝麻烂谷子的事，耳朵都听起茧了。后来才知道，奶奶当时嫁到了河对面的土地垭，爷爷后来当了保长还是甲长什么的，官儿不大，官味儿可不小，因为嫌奶奶没有给他生儿子，感觉没有面子，在奶奶生了第三个女儿也就是母亲之后，一纸休书将奶奶休了。当时母亲只有三岁，奶奶带着一口大木箱和三岁的女儿回到了娘家，也就是原来的老屋里。在旧社会，被丈夫休了回娘家住，还带着女儿，并不是一件光彩的事，但生存是第一位的，也顾不得那么多了。母亲就是在这样的环境下长大的，遭受的苦难可想而知。父亲在他的家里是最忠厚老实的，所以被决定出门“上门”。就这样，父亲带着一床十二斤重的破棉被“嫁”给了母亲，到母亲并不殷实的娘家入赘成家。子女一个接一个地出生，大集体的年代，只得让大的带小的在家里瞎玩，或者背着孩子干活挣工分。后来包产到户，一家七口人分了十二亩地，只有三个劳动力，再怎么勤爬苦做也还是填不饱肚子，只得寅吃卯粮，忍饥挨饿。加上孩子读了书，尤其是老大上了大学，只得到处借钱，可以借的地方都借遍了，最后只得找银行贷款。值得欣慰的是，子女们都很争气，兄弟姐妹五个出了三个大学生，其中一个还读到了博士，都跳出了农门，或是国家干部，或是大学教授。留在家里的也办起了茶厂，日子过得红红火火。弟兄们虽然不在一起，但很团结，也很顾家。在父母的心中，也算是扬眉吐气了吧。

现在的家，已经是两纵一横连在一起的折字拐大格局了，一边是茶厂的厂房，一边是一家人居住的钢筋水泥平房，中间是原来的三间老屋。其实真正的老屋早就被推倒了，这老屋也是从我记事时开始修建的，纯粹是父母肩挑背磨的劳动果实。所以，当姐姐出嫁，老大参加工作，老二快结婚了，而老三和我还在读书的时候，母亲曾一度盘算着给我们分家。那时的房子只有这中间的三间两进两层的木质吊脚楼，刚好被母亲分成三份，两个读书的和家里的老二每人一份，如果我们考取了大学，这山、田和房子就都没我们的份了，全都留给老二。那时我们都觉得母亲多事，好好的分什么家，而且我们两个读书的都还前途未卜，现在想来，她是在尽一份责任，是在有生之年把后人的事情安排妥当，不能不说是一种远见。

现在，分给我的一亩三分地、一间两进两层的木质吊脚楼，早就在我接到大学通知书的那一刻便与我无关了。这个村庄，这个村子里的人，我的老家，我的亲人，都要离我远去。我已经离开了大山的怀抱，到一千多公里之外的沿海城市生活，在那里买了房子，娶了妻子，生了孩子。我再也享受不到这村里的山风的轻抚，而只能在海边担心台风的侵袭。至于以后在哪里漂泊，最终在哪里定居，还是一个未知数，但应该不会在这个村庄里。如今，父母双双离开我们到了另一个世界，兄弟姐妹也都分散在四面八方，那个封存着记忆的老家，仅剩下老二在那里操持着。当然，我有一百个理由相信，他会率领一家人把那块地盘建设成村庄里数一数二的富饶之地，我们在远方默默地看着，也会非常高兴，那就像是在延续我们走出去的人的梦，保存我们共同的记忆。看着父母双亲坟前随风摇曳的花圈和青草，我终于意识到这一次的回来和出发具有非同寻常的意义。以后的村庄和亲人更多的是活在我的记忆与祝福之中，如果不是扫墓，或者一些重大的事情，我恐怕是很少回去了。我要去操持另一个家，打点另一家人的生活，延续和养育另一支人。这是家庭的责任，家族的使命，也是人类的必然。

不知不觉我们已经走到了学校，老二用摩托车驼着我们的行李从公路先到了，东西都已经搬上车了。老二说，你们以后有时间就多回来看看，不能几年不回来一次。我们喏喏地答着，也不可能有准信。

车子发动了，一溜烟就去了很远。透过车窗，眼前仍是那些被风翻起的树叶和庄稼，在随风起伏的绿浪中，一条灰白的水泥路蜿蜒盘旋在山间，像是抱怨着村庄的落后，又像是炫耀着村庄的发达。我想，这个大山深处的村庄，会不会因为太过偏远而被世人渐渐遗忘？又会不会被哪个大老板看中而在一夜之间寸土寸金？

其实这些都不重要。虽然村庄的身影离我远去，但它毕竟是我的故乡，是我的老家，这里生活着我的乡亲，这里安息着我的父母，这里留守着我的亲人，只要还有山风吹过，它就一定是我最初和最后的记忆。

隔岸的灯火

河流像一把温柔而锋利的刀，在山间的沟地轻轻一划，原本一体的村庄就被分成了隔河相望的两块。

这划痕是最自然的分界线。河两边分属于不同的县。少年出生在河这边的半山腰上。

少年是忠于村庄的。他只属于他自己的村子。他在他的村子里上山捕鸟，下河捉鱼，跟着母亲到田间采茶，或者和哥哥姐姐一起去井边挑水；他学夜莺唱歌，学瞎子算命，学狗叫，学猫步；他烤冒烟的柴火，吃苞谷洋芋，听好事者给寡妇讲似懂非懂的段子。

少年的家斜对着的，是河对面一个同样挂在半山腰上的小镇。小镇和村子是两个不同的世界：村里是黄木青瓦的吊脚楼，镇上则是灰顶白身的小平房；村子是文静羞涩的美少女，小镇则是泼辣喧闹的辣妹子。

小镇对少年是神秘而充满诱惑力的。那时村里还没有通电，更没有通广播。白天，少年没事的时候就爬上楼顶听镇里的高音喇叭，里面有从未听过的新鲜事，有吹吹打打的调子，最有吸引力的是一个高音的中年男人的声音，每隔几天就要来一番热情洋溢的讲话。高音喇叭准点结束的时候，少年也准时下楼，转战到离小镇最近的一块荒地里，屏住呼吸听对面传来的拖拉机的轰鸣声。夜幕降临，一家人在火塘里烤火聊天的时候，少年已经端坐在楼台转角的护栏上了。小镇上的灯被少年虔诚的目光一盏一盏地点亮，九十九，一百……今天只亮了一百九十八盏，白色的比昨天多了两盏，还有五盏彩色的没有亮！

这些几乎每天都有的功课，终因表姐一家的来访而中断。表姐的家就在对面那个小镇上。这位打扮时髦、开朗活泼、长着一双浓眉大眼的表姐，携带着小镇所有的神秘。姑姑的邀约和母亲的应允满足了少年的心事，他第一次走出村子，趟过村河，爬了几个钟头的山路，在夜幕降临的时候来到了那个从未到过却有几分熟悉的小镇。

这是少年第一次走进这个小镇。那些不停闪烁着的灯光，灯光下五颜六色的街道，街道旁一间间高矮不一的店铺，店铺里一些叫不出名字的商品，都让他感到无比新奇。街上走着的，是一双双发亮的皮鞋，散发出不同于解放牌球鞋的淡淡的皮革味，或是夸张的高跟鞋，蹬蹬蹬蹬将水泥地踩得哇哇叫。还有一些背着背笼、戴着手帕的“乡下人”，跟少年一样怯怯地打量着柜台上的各色商品和店里打扮“洋气”的店主。

那一晚，少年失眠了。那是从未有过的失眠——他实在不知道该如何平复自己的心情！

第二天，高音喇叭准时响起，还是那个从未见过却十分熟悉的中年男人，说着那一段熟悉的话。

“同志们——”

不知哪来的勇气，少年竟跟着中年男人一起喊了起来！当少年模仿着男人的声音并在他之前说完那段话的时候，姑姑显得无比惊奇，她转过身对姑爷说："个砍脑壳的，学得哪门那么像的哟！"表姐也是一脸的不解："那是我们镇长哦。你比他说得快，还说得一字不差！他要说么子你哪门晓得的呢？你太聪明哒，看来你以后可以当县长！"少年没有解释，这种表扬让他惶恐。他在家里爬到楼顶上一遍一遍听中年男人的讲话录音时是那么自豪，而此时却是那么的无地自容。回到村里之后，他再也没有学过那个被表姐称为镇长的男人的声音。没有人知道为什么。

不久，村子变了一副模样。公路通了，电灯亮了，广播响了，收音机也多起来了。小镇上的高音喇叭下岗了，取而代之的是广播和收音机，轰鸣的拖拉机的声音变成了很小的汽车的喇叭声。声音越来越小，但灯火却变得越来越灿烂，不仅是镇上的灯越来越亮，颜色越来越丰富，分散在山间各个角落的人家也都灯火通明，一到晚上此亮彼灭，和天上闪烁的星星遥相呼应，甚是好看。

不过，此时的少年似乎已无暇欣赏这隔岸的辉煌。少年将整个时间都献给了书本，一心想通过读书来改变命运，去亲近那些睡梦中无数次出现的璀璨的灯火。他开始进入属于他自己的那个同样只有一两条街道的小镇，之后又去了县城、省城……岁月如同河流，也是一把锋利的刀，将人生切成小段，将记忆剁成碎片，当我们试图连接或者拼贴的时候，总有无法复原的裂痕。当年的少年已长成青年并即将进入中年，早已不再满足于一个小镇给他带来的新奇与惊喜。他看惯了大山之外的灯红酒绿，习惯了城市生活的多快好省，小镇的朴素和寒碜倒一下子成了悲怜的源头。

“少年”回来了——在二十多年之后。眼前是似曾相识的陌生，心中却有无须记起的熟悉。在自己的村庄里终究是不会迷失的。狭长的水泥公路似一条灰色的腰带盘在莽汉的腰间，土黄的支线像毛细血管一样延伸到各家各户，载客的大胡子司机有说有笑熟练地跑着山路，壮观的摩托车队在山间自由行驶，与回乡探亲的挂着各地牌照的车辆鸣号问候，擦肩而过。在曾经生活过的村庄里，他是充实的，也是孤独的。当年一起捕鸟、一起捉鱼的伙伴们，如今大都天各一方，有的在监狱的高墙内伏法赎罪，有的在飞速旋转的流水线上挥汗如雨，有的在办公室里悠闲地读书看报，有的在灯红酒绿中挥金如土，有的近在眼前，用沾满泥土的双手接着递过去的香烟不知所以，有的远在天国，提前走完生命的历程永远也无法再见。

夜幕又一次降临。村庄显然没有了往日的安宁。那个隔河而望的小镇，仍然以二十多年前的形象定格在“少年”心中，亲近的欲念经过二十多年的发酵，重新膨胀起来。搬一把摇椅，放到灰顶白身的小平房的楼顶。放眼望去，小镇上已是灯火通明。当年那些分散的亮点早已连成一片，向多个方向延伸开去。小镇——那个没去过几次的小镇，那个只有一条主街道的不属于自己的小镇，真的那么值得向往和依恋吗？或许，每个从村庄走出去的人心里都有一团灯火吧！时而璀璨，时而阑珊；时而触手可及，时而远在天边；时而跳动着流光溢彩的诱惑，时而送给你恒定持久的温暖。小镇上的光明正是村庄里的灯火，它连接着乡村和城市，把城市的魅力辐射给村庄，又为乡村的前行点亮梦想。这隔岸的灯火，燃烧在无数乡村少年的心头，成为他们征服城市的信念和回归家园的路标。

无边的村庄

峰为头，林为身，崖为足，树为手，石为骨，地为肤。

野草是毛发，山路是血管，水井是心脏，村民是细胞。

河流是村庄的嘴巴，旱时缄默不语，泽时喋喋不休，沉默或者喧闹都是一种语言，常年诉说着陈年的往事。风是消息的使者，将无数热闹与悲伤拂来又掠去，留下永远也说不完的闲言碎语飘荡在村庄上空。还有那水缸里不息变幻着的日月星辰，是村庄里永不沉睡的眼睛，闪烁间透露着村庄里的故事，和故事里喜怒哀乐的心情。

雄鸡是村民的闹钟——于是，村庄醒了。刚刚回家的大花猫舔着饱食了老鼠的小嘴，向主人喵喵邀功请赏之后，总不忘蜷缩在准备起床的老黄狗的怀里享受最后一刻的温存。勤劳的鸡群不屑于理会懒猪早安的问候，高高兴兴地在竹林里与早起的鸟儿谈论着今天的天气。大娘用很有经验的声音和话语唤醒媳妇儿怀里余梦未尽的儿子，儿子胡乱地洗一把脸，默默地与早已坐在门槛上抽了一袋草烟的老头去割草砍柴、锄地采茶。俊俏的媳妇儿把小家伙递给大娘，锅碗瓢盆的交响乐便在这个时候响起。饭菜的香气吸引着劳作的农人，他们享受过后会用后半天的劳作来回报，等待在另一个时间准时飘来的饭菜的香气。当最后一缕炊烟淡去，短暂的喧嚣之后，村庄特有的安宁便随着夜幕一起悄悄来临。

流水是夜的催眠曲——于是，村庄睡了。走兽入穴，百鸟归巢。鸡鸭与猪羊也已安静。只有夜猫踩出可以忽略的脚步声。无论是黑布笼罩的神秘之晚，还是月色朗照的温婉之夜，村庄都是静谧安详的。有村狗把守的村庄，用不着警察，也不需要门卫。纷扰和邪恶属于另一个世界，离村庄很远很远。

当村民被雄鸡叫醒，山雀将村庄噪醒的时候，无边的日子又开启了新的一天。

这无边的日子啊，繁殖在这无边的村庄：长出无边的幸福，无边的辽阔，无边的漫长，无边的苦难，无边的不知道未来的村庄……

南国的村庄

斜风。细雨。神龙氏的使女，着一袭蝉翼轻纱，拨开天幕，告别云霞，洗尽微尘。就这样，默默地来到人间，来到南国，随便问候某一个村庄，某一片田野。

潮湿与干渴的相遇，早有些等不及了。

赶快与站岗的村树握手，与沉默的瓦房寒暄吧！

早该知道，一场跨越时空的约会远不止于此。于是，将温润的唇朝地面贴近，贴近……一遍遍地亲吻着，那一茬茬的翠绿，一颗颗的橘黄；还有那墨绿的村树，灰黄的瓦房；当然还有，那涂满南国标志的赭红的肌肤。

此时，村庄是静谧而安详的。农人午睡了，村狗在打盹儿，摩托车的马达声早已飘过。在无数个这样安静的午后，如烟的细雨也不愿打破村庄的宁静。

然而，村庄的宁静是有生气的。难道你没听到，在这些高矮不一的作物心里，压抑着农人丰收的喜悦？在这样的艺术——一幅幅由农人着笔、大自然调色的绝美油画里，不正饱含着风雨的激情、光影的温热、花开的声音和果香的气息？

是的，在这个静谧安详的午后，躲藏着一个个晴朗而喧闹的日子。

南国的村庄就是这样。一棵棵常绿的香樟显示着旺盛的生命力，一间间砖石瓦房秀气而稳固，一条条窄湿的土路阡陌交通，一排排精干的桉树哨兵般挺立。当然，少不了一场场斜风细雨，轻柔地抚摸着一块块五颜六色的庄稼地。

南国的村庄就是这样。

小村印象

茶园

小村是有名的茶乡。不必以哪位达官贵人的圣享或题赠相佐，只需瞧一眼那虽排列欠序倒也漫山遍野的茶园，就足以让你诚服。茶树很胖，形似纺锤，也有动了手术的，清瘦着身段，却也满面春风，精神爽怡。每到秋收之后，茶园便一派青褐的深沉，像是浓缩了的固体绿源。暖春乍到，绿源不禁扭动起来，渐暖的日光流进茶园，稀释着神秘的深沉，终于在清明前后燃起绿焰，把宁静的村庄蒸腾得沸沸扬扬。

采茶是村子里的盛事，水灵灵的山妞坐个小板凳，从茶园拣回一粒粒沉沉的跳动的绿，放进身旁精致的小竹篮里。只有这时人们才有心思试想劳动竟还有一丝享受的韵味，也只有这时，才能将劳动看成浪漫，把浪漫化作诗行，而不至于背叛良心。

蜜蜂日渐喧闹，绿焰也疯狂拔节。走在田埂上，时时随风而来淡雅的茶香。这是小村一年中最热闹也最繁忙的时候。乡里人做事喜欢赚工，哪家采茶，多是倾组而动，多者达三四十人。这可忙坏了管后勤的媳妇儿，三顿饭就够一天折腾，送茶送水，只得拜托一群随着母亲而来的吃饭“专员”了。村民们似乎很怀念吃“大锅饭”的年代，上工一呼一应，长长的采茶队上路了。三个一蔸，四个一排，星星点点散落在丛丛绿流之中。能赚工的都练就了一身农家绝活，嘴里叽叽喳喳，手里决不马马虎虎。不一会儿工夫，满满的一背或一篓便就会从山民们手底流出。

“哇——”女人的尖叫，准是遇上蜂窝了。“让我来!”强悍的村妇迅捷地脱下外衣裹了蜂巢，手里猛一搓，丢地上狠狠几脚，没事了，赚一阵啧啧的赞叹。

采茶是个抢时节的行当，烈日挥汗，雨天淋雨，年复一年，永不停息。山民一代代地采，茶园也一代代痴痴哺育着山民——以浓酽的生命绿液。

竹林

村子里，竹的品种多，用途也很专业：紫竹细直好作打狗棒，金竹肉厚宜作竹榫头，楠竹粗硕是上等建筑材料……春来日暖，几场雨后竹笋林立，噼噼啪啪日夜疯长，不出十天半月已是亭亭玉立。

待新竹褪去幼稚的秀绿，已是夏日炎炎了。清一色的细小生命热情相拥，于阵阵山风之中翻起滚滚竹涛。此时的竹林就是一个清凉的公园，各路“贵客”慕名前来：放养的小猪差点啃断竹根，栖居的鸟鹊叽叽喳喳，雄鸡喔喔送太阳，就连小青蛇也懒懒地搭在竹枝上享受呢。

好动爱玩的小孩是竹林的主人。竹枪最受欢迎，取一截细竹为膛，废一支竹筷作枪芯，灌上油精条籽或揉乱的湿纸团，便是足以炫耀的武器。然后是做弓箭、做口哨、做抽水机。甩竿也还可以，竹竿一端开个口，夹上石子用力一甩，石子飞得又高又远。最好跟伙子们来场比赛。

竹林是温馨的家，篾匠才是家的第一主人。编织篾货自然是他的职业：晒席、簸箕、背篼、竹篮……一件件都是得意之作。既然是专业师傅，自然深谙伐竹之道，今年砍这几家的左半块，明年砍那几家的右半块。不管哪种质地的竹子，在师傅手下只有听其任命的份。篾刀行走得甚是轻盈，宽的、窄的、厚的、薄的、篾青、篾黄，几经摆弄，成品便出来了，一件件堆满院坝，涂上颜料，花花绿绿俨然上等工艺品，成批地运往邻近县市或周边省份，时而还惹来几个土记者呢！

我没目睹过竹林的沧桑，不过听父亲说，村子里的竹子曾开过一次花，之后就全都死了。要知道竹子开花可是百年不遇，自然是灾祸的征兆。那是1976年。

今天的竹林总是四季苍翠，青春永驻，似乎根基底下有吸不尽的绿液喷薄而出。根根翠竹挺拔出一段生命的伟岸，虚心应诺着村人的差遣。“匹篾吊千斤”，看来，竹林是在义不容辞地载荷小村的责任了。

陈家岩

大凡多山多石的地方便多岩。陈家岩便是村子里出色的一陡。

那是一堵雄峻的实物，一堆历史的沉积。略见前倾的岩身使它显得分外的气势逼人。一条幽径是岩与外界的唯一通道和纽带。站在岩石生长的根基上，俯首是幽深的山谷，抬头是如削的森严。流云在被岩巅界定的天边行走，牵动人的每一根神经，看久了还真有点晕晕乎乎的感觉。

既叫陈家岩，就应有陈姓居户。的确，现已退休的老村支书一家便是村子里唯一蹲岩屋的。岩脚的大岩洞里，木石砖混结构的房屋还真是配合得天衣无缝。屋内布置也挺考究，地面是水泥磨面，卧室镶有木地板，灶塘旁是旱不枯竭、涝不浸漫的涵水井。整个屋内冬暖夏凉，四季宜人，还真让人羡慕这“山顶洞”式的生活呢。

悬岩是险峻的，然而村子里似乎还有比那更高大巍峨的东西，那便是犷悍无畏的村民了。村里的寿星田大爷口中时常抖落一些惊险的故事：用葛藤结好，套了箩筐，人蹲在里面，一步步放下去到半岩台上掏飞虎屎。听说那东西可入药，所以值钱，但又只在半岩的岩缝中才有。我简直不能想象一个人被箩筐吊在半岩还得从事工作是何等可畏。因为岩太高，绳子太不安全，一个人上不上下不下又怎沉得住气呢？我是生来就要被村人耻笑为懦夫了。

如屏的岩壁上除了青苔，还有两道特殊的风景。很明显，岩脚曾经是一块重要的宣传阵地。那还是“抓革命，促生产”的年代，自然也要“农业学大寨”，那有些发黄但依旧清晰可辨的石灰字无疑是中国一段沧桑岁月的见证。

目光在半岩搜索，隐约可见一截一尺来长厚实的竹片冒出岩壁之外。关于这个“文物”，村人给配了一段荣耀的故事：那是贺龙路过隔河的村庄时，向这岩石上投过来的梭镖。梭镖贺老总是用的，但贺胡子是否有从一里之外的地方投镖插入岩层之间的本领，就不敢迷信了。照理说是夸张的了，不过正好说明村民们想让小村沾上些革命的荣耀与厚重。

村河

小村脚下有条弯弯的小河，虽小却不见头，也不见尾，只有淙淙流水不舍昼夜款款远去。

小河很厚重，珍藏了伙子们所有痴情的记忆：激烈的水仗、酣畅的野浴或是狗扒水、蛙泳、仰浮。曾几何时，我被父母召见“谈话”，烦了，拎着自制钓竿出发。寻个僻静的河潭，“来往不逢人”。可惜每次总是一无所获，上钩的只是一种淡淡苦涩的心绪。“我心素已闲”，安逸而又无奈至极。

想要鱼，方式很多，除了钓。现代化的打鱼机、鱼儿精不用提。用铁锤敲石头，或于河边燃放大爆竹，或就地取材，采些核桃树叶，砧在岩板上碾出汁液放进静水潭，不一会儿鱼儿便会翻起来，乖乖满足你收获的欲望。

小河是两个村庄的自然分界，盈水季节自然也会浊浪翻滚。这时的河中央横着一根独绳，拴在两岸的大树上。张家俊公子，李家俏媳妇儿，若有急事要过河，也只得爬上村子里唯一能在此时渡河的中年河夫的背。河夫不壮，倒也是个满脸络腮胡的铁汉子，爱吹牛，“毛主席过长江时我一只手把他高举着……”。我没探问过他干这营生的源与流，只知道他现在仍时常充当这个无酬的角色，只是一天天瘦了，老了。

靠天吃饭的山村自然会遭旱灾，这时的河水就是一滴千金了。村民们很能干，下河背水吃，哼唷哼唷的号子声恰似生命的劲歌。干旱太久，庄稼也只得依赖背水度命了。好在小河是慷慨的，一滴滴将几近枯竭的奶水挤给山民的儿子，以她的生命滋润村子里的每一寸土地。

这便是母亲河的本色吧。

学校

村里的学校是唯一的。七十年代的学校，从小学到高中一应俱全。方圆五六里的学生都前来拜师学艺，自然可以想见那种超凡的气势了。且不说那操场做操时“沙场秋点兵”的宏伟，也不说自习时读书声朗朗的震撼，单单“勤工俭学”时一呼百应去采茶、去伐木、去运石起房的规模，就足够感叹的了。

以后的故事便愈来愈短。轮到我，好像就只有小学了。环境也越来越糟：操场四周参天的杉树卧倒了，篮球架坏了没人修，粉白的墙上盖满脚印……

之后便是拆房子。之后又是办茶厂。于是第一层便被厂房、摊茶室、纳税处、收购点等占领。之后又有医生上二楼开药铺，小商贩开店……

娃娃们早上八九点上课，下午三点多放学。早晚自习就删了，排队做操也免了算了。

教师自然是辛苦，一个教师带两三个年级，轮番教学。上下课也只有听便了。不过听说老师的洗脚盆倒是曾经派上过用场——学校的钟被盗了。

今天的学校（或许根本不是学校了）已是满目疮痍。但背靠大山坚实的胸膛，脑子里总会闪出一线光亮，这线光亮叫——希望。

农民与土地

看到“土地”二字，便情不自禁地想起秦牧大师，但思维在瞬间又断裂开来：大手笔的身子是干净的；况且在我看来，秦老那一片广袤的“土地”是供“雅人”休憩的斋院，那地核深处的无数文化富矿是庄稼汉的铁锄永远也无法企及的。这就背离了一个铁律：农民永远是土地的唯一知音，若是农民不能探寻到土地的声源，那声音不就有矫情之嫌吗？

话又说回来，土地着实有着太深的内涵。每一寸土地无不饱含着无数风霜雪雨的故事。无论是英国自耕农对羊群的无奈仇视，还是中国“耕者有其田”的平等思想，“打土豪，分田地”的雄壮气势，都不能不说是对土地的理性化关注。千百年来，文人墨客不知疲倦地吟诵着——土地，土地上长出的庄稼，那条从氏族社会穿腾而来的幽幽绿河，仅仅诠释一下生存就足以让那些真正关注民生的人感动一辈子。

土地的存在方式是随机的。细碎的颗粒是凝固的劳动者的血液；坚硬的板块是农人厚实的手掌；那点缀于田间的块块石头则是瘦削的农夫凸起的根根肋骨。当赤脚和光亮的锄尖同时写进被阳光割裂的滚烫的土地时，吴伯箫先生的《菜园小记》就责无旁贷地要更换一种行文方式了。的确，原始社会的刀耕火种仍旺盛地生长在二十一世纪的田野里，又有谁去昧着良心把劳动者的臭汗装点成珍珠呢？自打第一次走进田间，被苞谷叶的锋芒划破肌肤后钻心的疼痛怎么也不能让我像书上那样把劳动看作美好和享受。或许是我的灵魂永得不到提升吧，学院一周的劳动课，仅仅只是捡捡学校的垃圾，每晚却总被极度的疲劳缠绕，还老想着堪比长征的红军。每当四肢无力地清醒，便顿感自己的渺小。黑臂膀较之白脸庞究竟谁高贵？……无论如何，我是没有资格沾染泥土的。

曾写过两句诗：农民是土地的儿子，土地是农民的儿子。倒不是专门让他们沾上乱伦的臭名，只是发一声沉沉的即便是微弱的呼喊。黑土地的凝重，抑或是黄土地的沧桑，都是生存的一种苍凉再现。农民们在撑起自己肚皮的同时，也撑起了地球上一切生物的骨架。一旦他们趁抽烟的间歇做与土地无关的梦，他们便会迅即想起媒体中的非洲难民，那种渴求的眼神绝不亚于色狼对美女的贪婪。有许多单位扩建，最难对付的恐怕是周围的农民，他们往往待着不走，或者干脆赤手空拳睡在推土机前不吃不动。家乡曾发生过一桩奇案：同是有家有子的兄弟俩，为争一小角责任田大打出手，最后老大竟把生命交给了老二的锄头……接收到这些信息可不要惊讶，抛开农民的小农意识和人性自私的一面，世界上又有什么比土地更值得用生命去交换？记得上大学转户口时，年迈的母亲说什么也不肯将我的一亩三分责任田减掉，她情愿多交点税甚至让给别人种。我们都劝她别种地了，跟儿子住机关吧，她头摇出了加速度：“泥巴腿子不能没有田哪，‘人是三截草，不知哪截好’，万一又像

1959 年，没有田连观音土都没得吃啊！”

当然，地球上的土地并非都属于农民，小学地理开篇就讲“中国幅员辽阔”，又讲“中国人口众多”，这众多的人口自然有众多的“流派”，现在如火如荼的西部大开发便是广义的社会人对土地的关怀，或者是一种关怀的补偿。一度苍凉沉寂的西部宝地，一夜之间被一群劳动者弄得喧闹起来。移山填壑建工厂、筑铁路、修电站、建基地……土地的原始肌肤隐藏起来，其内蕴却日渐强盛，毕竟中国众多的人口同属于一体，这样说，农民又该与土地干杯相庆了。

远离故土，多年未真正品尝土地的原色了，只能站在高高的建筑物上，站在一个农业古国、农业大国的历史顶桅，也时常想一些荒谬的“理论”：田野是疏松的土地，森林是茂盛的土地，岩石是凝固的土地，大山是隆起的土地，甚至于——阳光是一种燃烧的土地。

土地，加上农民，便是整个世界。

野猪的生态

“现在我们这种山区种田没么子意思，种的东西还不够喂那班野牲口！”这是每次暑假回家听到乡亲们说得最多的一句话。接着便是一阵数落，哪家的苞谷大片大片被吃，哪家的洋芋被拱了个稀巴烂，甚至菜园子都被踩得不成样子了。作案者有刺猪、獾猪、田鼠，罪魁祸首当然是野猪。

那家伙像是侦探，已经摸清了人的家底。自从被划为受保护的野生动物以来，就肆无忌惮地出来糟蹋粮食，加之农村的猎枪都被收缴了，它们就更加不怕人了，有时候大白天大摇大摆地从家门前走过，还真得看好家里的孩子。以前只要在晚上吹一吹牛角，野猪就会跑得老远，好几天不敢再来，现在已经没有办法治它们了：在树上拴个音响，音量开到最大，它只当没听见；在田边每隔十几分钟放一个炮仗，它照来不误；打吧，没有枪，而且也不能打；地下埋铁抓抓吧，它不从那里走，又怕抓到人；搭个棚在田里过夜吧，还真怕睡着了它把你给吃了……

我的耳边立马响起了清脆悠扬的牛角声。在漆黑的夏夜，或明朗的月夜，阵阵牛角声从本村和河对面的村庄传来，入夜即响，天亮始停。有时一觉醒来，这天籁之音从窗外飘进，不禁被之打动，辗转反侧难以入眠，听着听着又在呜呜嗡嗡中迷糊入睡。这一并非音乐的乐音一定给我内向的童年生活带来过精彩，否则我写的第一首诗不会是《乡村牛角》：

晚风吹散满天繁星
月亮在村口弹唱
沃野与莽林间
庄稼汉的
瞭望　守候
沉甸甸的金黄

飞扬的牛角声催醒
雄鸡　唱响黎明山歌
哄睡了星星
那一缕微笑的月色
在酒香的咕哝中
腾起斑斓的飞扬

醉酣的农夫是田间浪艺
支支无名的农家小曲
将个个青涩季节熟透
一夜　一季
一代代……

我知道，这种乡村的原生态诗意已是无法避免地一去不复返了，农民主宰村庄的日子也正在悄无声息地改变着。诗是诗，生活是生活，诗之美永远无法替代生活的残酷。现实的情况是，森林的过度砍伐破坏了植被，也惊扰了野生动物的家园，有些野生动物越来越少，甚至濒临灭绝，于是国家将其纳入法律保护的范围。退耕还林政策的长年实施，外出务工潮导致劳动力的锐减，农业利润的越来越微薄，这些造成大量农田荒芜，山与田的界限日益模糊，树大林深之后，野生动物又恢复了踪迹，开始日益繁盛起来，逐渐造成了野猪的泛滥成灾。

野猪快绝种了，人要出面保护，野猪太多了又会破坏农业生产，骚扰农民的生活，这就是野猪的生态。人与自然究竟该如何相处，稍有文化的人都会说得头头是道，但大道理背后千千万万个小人物的利益该如何保障，却是应该好好思考并妥善处理的现实问题。野猪的生态也是人的生态，在生物的食物链中，处于最高端的人究竟该显露几分凶残，保留几分善良呢？问天问地，可能唯有人自身才能解开这道难题。

猫

小时候，猫一直是我最好的伙伴。

家里养猫，目的是对付老鼠。勤快的猫几乎每天都有收获，懒猫只要叫上几声也很有效果。而我关于猫的记忆与老鼠无关。

有事没事都喜欢和猫玩，养熟了的猫也格外亲近。往椅子上一坐，它就会跳到你的腿上打盹儿。把它推下去，它又跳上来。再推下去，还是跳上来，眼巴巴望着你可怜兮兮地叫，只有扬了巴掌冲它吼，它才肯离去。而我是个软心肠的人，每当它跳上来，我都会紧抱着它，把脸贴到它柔软的毛上听它“读书”，猫的“读书”声轻柔而又富有变化，听起来很享受。有时上学一周回来，家门紧锁，从一个固定的地方掏出钥匙，咯吱一声，门开了，正在睡觉的猫，从窝里，从地上，从椅子上，甚至从屋脊最高处迎上来，爬到身上来撒娇，我那幼小的心灵很是感动，有一种被亲近的温暖。

逗着猫玩，往往是独自一人在家时最重要也最有趣的娱乐方式。用手捏住猫的胡须，它会拼命朝相反的方向拽。把猫的耳朵向外翻卷，它猛一摆头就会还原，不行就拿爪子去扒，然后冲你大叫示意喊停。有时，猫也很乐意跟人玩。把正在睡觉的猫弄醒，拿一面镜子放到它面前，它会对着镜子洗脸，摇摆着头欣赏自己的尊容，或是拿爪子去掏镜子后面的那只“猫”，装出一副对神秘百思不得其解的样子。最刺激也最无良的是吓猫。冲着毫无准备的猫拍手、跺脚、大嚷，或是装老虎大吼，它就会吓得从睡梦中跳起来甚至飞奔着逃走。我曾经发明了令猫百般恐惧的一招：将一片芭蕉叶撕下一半，沿纹路弄成丝状，将有茎的一端拴到猫的尾巴或后腿上，猫一走动身后就会窸窸窣窣作响，猫以为有人追赶，头也不回地拼命往前跑，跑得越快声音越大，爬上树或躲进洞还是不放心，又开始跑，直到"追命芭蕉丝"被挂断才惊恐万分地停下。其结果往往是一连三天不归家。

离家出走，猫的这招很灵。从此家人就开始限制我玩猫了。那时的我，不和猫玩是不可能的。于是就打着训练猫的幌子继续逗猫玩。从木柴上扳一根小枝，在地上一晃动，猫就会扑上来用爪子抓。抽出木枝左摇右摆，猫就跟着左蹦右窜。干脆找一只田蛙，或是一只幼鼠，那它会更来劲。把诱饵吊到空中它也会一跃而起。想抢了它嘴里叼着的猎物来逗它，就不依了，拼死捍卫，还露出凶相，甚至伸爪子抓人。有一次我被它抓出了血，一怒之下提起它的后颈，它就只能伸直四肢，直挺挺的，我一扬手，它就飞到空中，又重重摔下，流了鼻血，躺在地上不停地抽搐。母亲把我狠狠地骂了一顿，说我太没有德行。望着奄奄一息的生灵，忽然感觉到自己的残酷可怕。夺人之食不等于夺人之命吗，谁会依呢？本来是逗着玩的，下手怎么会这么狠呢？从此不再伤害猫。

那时家中所养的都是母猫，公猫也养过，都很花，不久就会被不知从哪来的叫春的母猫勾引，一去就杳无音信。倒是母猫好，勤快又本分。男女之道似乎在动物界也是通例。

我放学在家的日子，猫窝就成了摆设。不论卧室的门关得多紧，它都会把门挤开，基本上每天晚上如此。如果把门闩死，铁了心不让它进来，它就会在门外又抓又叫地喊门。为了安睡，只得开门放它进来。上了床，它会端坐一会儿，用舌头舔了爪子洗脸，然后猫着腰钻进被窝，把身子圈成一个圆，将尾巴压在身下，呜呜拉拉开始“读书”。猫的“读书”，大概是一种放松，也是一种取悦主人的独特方式。每次听到猫发出这种特殊的声音，都会感觉“读书”这个词用在猫的身上是多么深奥。或许这正是猫类的语言吧，自言自语、津津有味地讲述着做一只猫的精彩故事。

猫一般都是白天睡觉，晚上出没，但具体的作息时间又没有规律。特别是冬天，它会在开亮口的时候突然钻进你温暖的被窝，冷飕飕带来一股寒气。不过有时掀开被子睡觉时又会发觉它早已在那里给你暖被窝了，伸脚过去，毛茸茸的一阵温暖，很快就会进入梦乡。

大了之后就住校了。有一次周末回家，照例回我的房里睡觉，一晚上都很安静。第二天睡了个大早床，一睁眼就听见母亲在叫我吃饭。一伸脚，毛茸茸的，是猫。窗外飘着雪花，想必地下也站了好厚一层。正要重温冬日的温暖，突然感觉脚边有球一样的东西在蠕动，不止一个。揭开被子一看，五只小猫正在猫妈妈的肚皮上凑来凑去。猫妈妈冲着我有气无力地叫着，我又惊又喜又怕，为它们盖好被子，匆匆穿衣起床，向全家人报告了这个荒唐的喜报。父亲一帮人只是骂。母亲说了句“天啦”，就去找了一块破棉被，均匀地铺到筛篮里，又垫了一层废旧的床单，到火边烤暖和了，拿到楼上房间，把母子六猫一个个安顿到“新家”里。

我蹲下去看着这些毛茸茸的可爱的小球，伸手就要拿来把玩。猫妈妈抗议了，母亲也制止了我。母亲见我如此的兴致，就笑着说那只母猫经常和我睡觉，这几个小崽子肯定是我的。我似懂非懂，隐隐约约感觉好像受到了捉弄，就嚷着不让母亲给猫妈妈吃鸡蛋和猪心肺。最终猫妈妈在伙食上获得了很好的待遇，却从此被剥夺了上床睡觉的“特权”。母亲叮嘱我以后睡觉时一定要把房门闩上。

也是从那以后，上学越去越远，跟猫见面的机会也越来越少。到了城里也常看见猫，可怜兮兮的流浪猫、憨态可掬的宠物猫，也少不了几分同情或羡慕，但想来定都没有家里的猫那么自然纯朴。记忆中家里养的猫一只接着一只，已经记不清一个确切的数字了，有被踩死的，有在邻居家吃了毒老鼠被毒死的，也有自然老死的。但直到现在，家中一直养猫。每次回老家，还是有猫冲着我撒娇，我也总会去抱抱在腿边蹭来蹭去的猫，但彼此之间似乎少了一点昔日那种无间的亲密。不去细想原因了吧，正如那些逝去的时光，注定无法挽回，回忆回忆也就足够了。

雪

按南北方位的地理划分，我无疑是个南方人。这些年漂泊客居的也都是南方的城市。在我的印象中，南方的雪固然不及北方的那般肆意凶猛，但也并不温顺。时间在行走，行踪在变换，关于雪的记忆也越来越淡薄。不止一次，穿着短袖的我在电视上看见北方天寒地冻、大雪纷飞，透过屏幕的阵阵寒气立马将我逼退回家乡的雪地。身处从未下雪的大陆最南端，本是南方人的我却被视为地道的“北方佬”，不幸成了雪的代言人。没见过雪的南方人对于雪的那份神秘与憧憬多少有些让我不安，这些年，我着实忽略了一个相知多年而又日渐陌生的老朋友。那么久，鲜活的记忆一直被冰雪封存，那个曾无数次被大雪覆盖的村庄，如今在头脑中仍是一尊洁白的雕像。好在南国的体温足够融化冰雪，在没有雪的地方回忆关于雪的往事，无论如何心里都是温暖的。

那个年代的雪下得勤，下得大，下得自然。入冬以后十天半个月就有一场大雪，雪花洁白无瑕，质地松软，不似今天这般污染严重。每一场雪的来临都会令人兴奋，作为孩子，入学之前和放学之后是最自由的。夜晚躺在床上，听雪子敲打屋顶的瓦片，清晨揭开窗纸，看雪花轻盈无声地飘落。心情低落时蜷缩在被窝里，等那一声期待良久的“吃饭”的呼唤，或是四门紧闭坐在火塘边烤火发呆。若是一时兴起，可做的事情可多了。折一根细长的木棒作笔，在平整的雪地里练字，唰唰唰唰几下，一条标语或一句格言就写成了。扑雪也别有乐趣，叉开双腿，张开双臂，身子慢慢向前扑下去，再站起来，一个“大”字便印在雪地里了，变换手脚的姿势，还会印出一幅幅形态各异的模糊的“肖像画”。堆雪人总是少不了的。趁母亲不备拿出洗脸盆，装满雪，压紧，反复几次，然后反过来扣在地上，拿走脸盆，一个半球形的模子就成型了，五六个这样的模子堆叠在一起就是一个身材匀称的潇洒雪人。再在身上装上手，在脸上雕好五官，涂上煤灰，就可以在一旁默默地欣赏，或者和同伴们比赛了。忙完这些，院坝里的雪已是“体无完肤”。如果还有精力，可以滚几个大雪球，将地上的积雪汇集起来掀出场外，也算是收拾残局。

等到黄昏或是第二天清晨，转战竹林捕鸟是最好的选择。从百宝箱里找出自制的捕鸟装置，抓一把谷糠，提一只筛篮，选一小块平地，一眨眼的工夫，机关便安装完毕。不需要驱赶，也不需要布控，大雪封山之后无食可觅的大小鸟雀一逮一个准。那些为了一粒口粮而被诱捕的可怜生灵，有的被幸运地放飞，有的成了家猫的口中之物，有的因未及时清网而被活活冻死。

大雪之后孩子们忙着捕鸟，猎人们则忙着赶仗。三五成群的狩猎班子扛着猎枪，牵着猎狗，沿着猎物的足迹一路追踪。枪法好的蹲守在野兽的必经之地埋伏起来，其他人负责搜寻追赶。这种原始的狩猎方式带有很大的碰运气的成分，很多时候翻过几座山却一无所获，偶尔也会撞大运，一阵狗叫，一声枪响，一头野猪便应声而倒。

农人对于雪的感情是复杂的，有时盼望一场大雪冻死害虫，有时憎恨雪太大压坏了电线、冻伤了农作物，有时乐意在雪的笼罩下享受难得的悠闲，有时又不得不极不情愿地冒着风雪外出办事，遇到结冰路滑挑不了水还得煮雪取水。雪对于他们来说，跟风霜露雨一样平淡而无可改变。

雪之于学生，有手捧雪花的浪漫，有滚雪球、打雪仗的刺激，但更多的时候，下雪并不是一件受欢迎的事。

那时的小学是可以带火炉的。低年级的时候在村小，冬天基本上每人一个火炉，下课后加上木炭提在手里耍圈，呼呼的风一下子就把火烧旺了，场面甚是壮观。偶尔炸出几个火星，就难免有谁的衣服被烧一个小洞，或是谁的皮肤被烫出一个小水泡，一场骂战甚至决斗往往在此时引发。也有家里穷买不起木炭的，下课后东蹭一下西蹭一下讨火烤，内向的便一个人躲在不起眼的角落里瑟瑟发抖。我没有火炉，也没有木炭，但父亲那时在学校做炊事员，就把老师吃饭时烤火的火盆借给我上课时用。厨房离教室不远，父亲每次下课都会用铲子从灶膛里铲些火炭来添加到我的火盆里，有多的还会添加到火快熄灭的其他同学的炉子里。正是因为这样，我书桌下面的火总是班里最旺的，下课后没火烤的同学都喜欢围在我这里挤着取暖。上课的时候因为我听得很认真，裤脚烧着了仍浑然不觉，老师夸我学习达到了一定的境界，母亲却因此大为恼火，因为几乎每个冬天我都会烧坏几条裤子、几双鞋。

高小的时候去了乡里，学校不再允许人人带火炉了，而是改为“发大火”。每个教室前后各生一个地炉，改烧煤炭，每天由值日生负责生火和加煤。如此一来，教室的温度升高了，也没有了烧木炭时漫天扬起的灰尘，学生花在生火上的时间也减少了许多。这时的火在大雪纷飞的冬天除了取暖，还有帮助学生消除饥饿、改善伙食的妙用：烧洋芋、煮面条、烤粑粑、炒辣椒，各种招数悉数登场，差点把火炉变成灶台。有一次数学老师兼班主任叫大家思考问题，教室里顿时鸦雀无声，不一会儿，教室后面乱成一片，大家循声望去，只见火炉上搁着一个大大的钢精锅，锅里的水沸腾了，水汽冲着锅盖叮当作响。老师见状，气不打一处来，健步走上前去，端起锅便扔到了操场上，还没煮熟的土豆滚了一地。从那以后，灶台又沦落为火炉，在雪天里尽职尽责地陪着一个个单薄的身影，给予我们无私的温热和战胜寒冬的勇气。

初中所在的地方是全镇海拔最高的地方，雪最大，天气最冷，却不准生火，这可害苦了我们这些从低山来的学生。那几年的冬天寒冷而漫长，大雪一场接着一场，阴山上的积雪整个冬天都不化。同学们白天下课后个个蹦蹦跳跳、摩拳擦掌，靠摩擦和运动生热来驱赶寒冷，晚上虽然有热水洗脚，但水少，水温低，时间也短，上床时脚往往是冰冷的，只得和室友互抱取暖。

第一个冬天我就生了冻疮，回家后用辣椒水泡脚，烧得生疼。上学的那天仍然飘着鹅毛大雪，母亲看我走路一瘸一拐的，就说让你爹送你吧，走不动了叫他好背你一截。这话很熟悉，两年前那个最寒冷的冬天，在镇上念初中的三哥脚上长满了冻疮，周末回家后冻疮破了，实在无法走路，不得已在家多待了两天。第三天母亲去给他请假，校长一听就生气了，他说："都旷课两天了还要请几天假？缺的课哪个补？""背都要给我背来，不然就别来了！"母亲回家传达了校长的通牒，无奈地望着父亲，结果父亲真的找来背岔，冒着风雪，走三十里山路，一步一滑地将一个一百多斤重的大活人背到了学校！我记得父亲曾说那一次有一步没踩稳，差点摔下山崖。我用余光望着父亲，心中感到一阵痛楚，同时产生了一股力量，便说："我不要背，我的冻疮没破，我能走。"

第二天，我从背篼里拣出一些不紧要的东西以减轻行李重量，穿上钉子鞋，和几个同伴一起冒雪前行。乡村公路是有的，但大雪天没有车，只能步行。走到一半的时候碰巧前面的路垮了，只得走几公里乡村小路，然后插入另一条公路。小路陡峭无人走，沿路没有一个脚印，没过脚踝的松软的雪被我们踩在脚下沙沙作响，心里倒一时舒爽起来，树上的雪落到脖子上也感觉不到冷，脚上的冻疮也不疼不痒了。待我们安全抵达学校已是傍晚时分，晚自习课上已是书声琅琅，我坐在教室里好一阵发冷，但一想到为瘦弱的父亲减少了一趟苦力，心里便格外温暖。

盘点关于雪的深刻记忆，全都集中在那一段艰苦而充实的岁月。在离开家乡小镇的近二十年里，我一直东奔西走，为求学，为工作，为爱情。所到之处，海拔越来越低，气候越来越暖，也就再也没有零距离地亲历过一场像样的大雪。雪灾、雪崩、冰雕、冰雹，都是从电视上间接感受，末了送上一句惊叹。如今，为了躲避寒冷和冰雪，我选择了一个从不下雪的南方城市居住，家乡的雪已无福目睹，只能在千里之外遥想，至于要在最寒冷的时候到最北的北方体验唯美而纯粹的冰雪世界，只是一个束之高阁的旅行计划罢了，此生有没有时间和勇气成行还另当别论。

雪对于我而言，是一个久违的老朋友。我常在身陷泥淖的时候仰望雪的洁白纯粹，在经受磨难的时候想念雪化后的温暖，在走向狂热迷恋的时候铭记着雪的清醒，甚至在内心烦躁之时幻想有一场雪能了却百事，落得白茫茫一片真干净！老朋友，我们还能如初见般地邂逅吗？全球正在变暖，雪作为一种造化之物会不会从地球上消失？这个世纪，雪的身影离我们渐行渐远，冻死苍蝇的威力在逐渐消隐；这个时代，雪的高洁正被污浊浸染，雪的清醒正被私利灌醉，踏雪而歌的豪情正被慵懒安逸取代。雪作为一种精神的象征体究竟会不会消失？

乡村过客

时光回转三十年，一个刚记事的孩子回到村庄。

村庄恬淡安详，树木花草，猪马牛羊，庄稼田野，老少妇幼，都在各自的领地里默默生长。唯有从村口走入的异乡人迈着不同频率的步伐，成为宁静村庄里一道异样的风景。

一

所谓担担客，就是挑着担子走村串户的人。一根宽大结实的毛竹扁担挑着两个褪色的帆布包，就是他们行走的家。担担客极少单独成行，一般都是两三人结伴，还有的带着小孩，操着并不难懂的河南腔，说是家乡受灾了，一家人外出谋生。至于他们来自何方、是否受灾，村人是无从考证的，也并不十分在意，紧要的是担子里挑着的宝贝。帆布包的拉链一次次打开，衣服、被单、袜子等各式各样的宝贝变戏法似地渐次跳出，不需要吆喝，自然有人围拢来。爱美的媳妇儿拿着衣服一件一件地比画，将征询的目光投向在一旁抽烟的丈夫，从未走出过村庄的丈夫也斜着眼，摆出一副见过世面的样子。看的人越聚越多，宝贝摆了一地。多数人是看热闹的，自然也有人买，一番讨价还价之后落得个两不相欺。在钱货交换之外还有另一种交换方式，或是以一顿晚餐和一夜住宿换一件衣服，或是用十几斤苞谷换一床被单——他们知道村里有个酒厂，苞谷在那里可以换成票子。

不知是不是河南的灾荒很快度过，两三年之后就再也没有见过那些操着异乡口音的担担客。或许是受担担客的启发，村子里随即走来一个背背篼的老头，身世仍然神秘得令人一无所知。老头的背篼里没有华丽的衣服，取而代之的是日用铁器，锄头、镰刀、菜刀、剪刀、火钳，应有尽有。老头似乎不太愿意收钱，而是热衷于用他的宝贝换取村里的茶叶，偶尔也换些黄豆、鸡蛋、苞谷什么的。一个瘦弱的老头，背着那么重的货走那么远的路不说，回去还得背换来的物品，个中缘由怎么也让人想不明白。不过当时正是各个部门给农民“打白条”的高潮时期，有人愿意用这种物物交换的方式换走土产，村人倒是乐意接受的。

二

照相佬是村庄里的艺术家，不知不觉间将村民的生活由吃饱穿暖提高到自我欣赏的新层次。带着适合不同人群的道具招揽生意，照相佬是精明的。玩具枪引得孩儿们直勾勾地看，新潮的耳环和礼帽让村姑们个个跃跃欲试，甚至还有军装、西服，默然有力地勾引着村庄里的男人。照相丢魂的荒唐迷信在村庄里是没有人相信的，但男人心动的火焰很容易熄灭，除了正值如花年龄的新媳妇儿和待字闺中的大姑娘，一般人很少受到道具的诱惑。照相最多的还是老人和小孩，一个自觉时日不多，想将容貌留作纪念，一个满心好奇，吵着闹着要“来一张”。

在行走乡间的人中，照相佬是最潇洒的，脖子上挂一台相机，马甲口袋里装几个胶卷，手里提一小包道具，打扮简单而轻盈。照相佬的精明之处还在于他从不收实物，只收钱，而且钱也是送照片的时候才收，这次没有还可以下次再给，故而来得勤便，走得轻松。这个瘦削的中年人似乎和村庄建立了一种亲密的信任，每两个月一次的光临成了不少村人翘首以盼的事情。

与照相佬相比，算命瞎子就没有那么受尊敬了。村庄里信命的人不少，但肯花钱算命的人却寥寥无几，只有那些“走难运”的人喜欢从算命佬那里寻找一点可怜的心理安慰。调皮的小孩最喜欢模仿算命先生，翻着可怕的白眼珠，拄一根竹棍当拐杖四处探路，伸出手掌掐算每一个关节。正在读书的学生是迷信者的克星，他们往往毫不客气地当面戳穿算命先生的骗人把戏，甚至会带着无比的愤怒将其赶出村庄。今天看来，这种激进是有道理的，你想想：能够在崎岖山路上行走如飞的人怎么可能是一个真正的瞎子，被预言活不过六十岁的人八十多了还在山上砍柴，当年不要钱的“贱命”如今飞黄腾达，而要价很高的“富贵命”现如今成了杀人犯，这样的算命瞎子有什么资格混迹于村庄呢?

三

在村庄里还有一种人是专门做工的。他们也来自于村人不知道的“远方”，也从来不提自己的身世，每每有人提及，他们也是三缄其口。他们一般都是壮中年人，有男有女，有的只需解决吃住，有的每月象征性地收些钱，所以虽然干起农活来并不太令人满意，但仍然有人请。他们往往在一家做完了又到下一家，这个村庄做完了又到下一个村庄，今年做完了明年又来。

上世纪八十年代初虽然已经包产到户了，但农村的生产效率并不高，粮食的青黄不接在一般家庭并不是什么稀奇事。但每年此时，村庄里都会多出一些逃荒的异乡人，有的还带着没断奶的孩子。他们统一带着一个长长的布口袋，每到一户就开始讲自己惨痛的经历，末了张开口袋说：“大娘，给点粮食吧！”口袋并不是空的，显然已经有人给予了同情。因为亲身经历过大饥荒，稍稍上了点年纪的人最容易被感动。大娘们默默地在心底盘算着一家人的口粮，最终还是会拿个大碗在并不充盈的粮仓里舀上一碗苞谷倒进逃荒人的布口袋。可恨的是这些人走遍全村后竟然在村头酒厂里把讨来的满满一口袋苞谷卖了，又提着空口袋到邻近的村庄去讨。慈善的大娘们后悔不迭，发誓再也不给他们粮食了，何况逃荒的人一拨接着一拨，想给也没有那么多可给，总不能自己饿着肚子装好人吧。所以大家商定，以后再来逃荒的人如果实在是饿了可以给一碗饭吃，但粮食就不要给了。他们的信息似乎是相通的，此后果然再也没有人来村庄逃荒了。

比逃荒者更纯粹的是叫花子，虽然二者本质上都是不劳而获，向别人讨要东西，但村里人并不将他们等同看待。想来可能是逃荒者更懂得人情味，他们给你讲悲惨的故事，说什么诸如“活菩萨”“好人好报”之类的奉承话，还说什么“山不转水转，我们现在是在落难，说不定你什么时候转到我们那一方去了”，说着说着就把铁石心肠给说软了。而叫花子就不一样了，他们目光呆滞、行动迟缓、蓬头垢面，只会面无表情地捧起一双手，无数次地重复“把点，把点”。村里人对叫花子也并不是没有同情，只是都不约而同地与之保持距离。赶上吃饭，就会用大碗盛上饭菜叫他们去外面吃，没赶上吃饭就给他们一些熟食叫他们边走边吃，如果实在太忙，就拣一堆洋芋，让他们去找一个家里有闲人的地方自己烧着吃，遇见要衣服的有时还给他们送几件穿不了了的衣服，只是一般都不让叫花子在家里过夜。村里有一个在大集体时代废弃了的仓库，有人在里面放了两床破旧的棉被，一度是天黑无处可去的叫花子短暂栖身的临时中转站。

四

时光从三十年前一路前行，停留在今日的村庄。村级商店里琳琅满目的商品让人们早已遗忘了当年的担担客带来的惊喜；咔咔咔咔的手机拍照将走村串户的照相佬挤出了历史舞台；算命先生也没人信了；农民再也不需要请人干农活了；至于饥荒，早已成了忆苦思甜的记忆；叫花子已经转战城市的桥洞，或是收容所，或是做了收入丰厚的职业乞丐。那些奔走于异乡的行者，在村头出现，在村尾消失，为村庄带来风一样的表情，同时带走村人的记忆。他们是来去匆匆的乡村过客，熙来攘往中，仅仅在村庄的土地上留下一串沉重而杂乱的脚印。

远去的茶香

起伏的峰波锯齿般剐破苍穹。一袭天幔粘贴在山的边缘，罩住毡房似的村落。村头田野里，丛林边，处处驻守着密密匝匝的茶园。茶树参差错落，各具韵致。横竖成行的，俨然沙场整装待阅的士兵；零散别致的，恰似丹青手不小心溅落的墨绿油彩；凋然将衰的，一如饱经沧桑凄婉的老者；柔秀挺拔的，宛若十七八岁绿油油的姑娘。每年夏末秋初，茶树便收藏起一季的奋斗，把青春寄于漫长的霜雪。待到下一个生命流程，悄悄萌动的细小苞粒破冰而出，与融雪争显春的讯息。水活草长，渐暖的日光轻轻地将苞粒拉长，茶树从根基底部释放出片片新绿。生命不断拔节，茶园也被装点成了一方方躁动的海洋。

山里几乎家家有茶园，采茶也自然成了“集体事业”。八九上十家一合计便拉开了流水作业线，再请上山里山外专事采茶的小妹，十几个人甚至几十个人向茶山的宝地进发。这是一个用汗与水浸泡着的季节，无论是在头顶树枝帽的炎炎烈日下，还是在披蓑戴笠的雨天，三五成群的农人总是用言语的闲适舒缓劳作的疲惫。笑话和故事常常在这时滋生漫长，伙子们的电波也借机捕捉一双双山茶般清纯的眸子。本职工作当然不能丢，不多久，篓子或背篼里便挤满了娇嫩的绿叶。歇下来燃一支烟，干几杯清凉的山泉，等待主人收集鲜绿。若遇上大好的晴天，对门山坡上也是星星点点的同行。几声长长的吆喝穿过村河，两班人马“交火”了。拉开嗓门呼这喊那。有纯美的山歌、悍犷的号子，也有低俗的浑话、粗鲁的骂语。

包产之初，茶树是很多人嫌弃的对象。成片的茶园并不能给山民多大的实惠。偌大一个村子，仅有一台木质揉茶机，还是用柴油机作动力的。所有的鲜叶要么背到几十里外的集镇当白扔一样卖掉，要么得承担加工后雨天发霉的风险。若是天晴，一两百斤鲜叶挤在一个大木桶里，几个小时的机械揉捻，躺上晒席任烈日暴晒一阵，褐黑的条状物就是成品，谓之红茶。红茶的价钱是很低廉的，但是又不能直接饮用，所以价再低也只得卖掉，好歹也算一笔收入。

时间的推移似乎给茶山带来了运气。不几年，在镇财政的扶持下，村里办了个名副其实的茶叶加工厂。几套机械同时作业，从杀青到揉捻到复干，一年加工绿茶几万斤，还差点成了当地报纸的头条新闻。加之收购站挂牌成立，吸引了周围方圆十几里的茶农。几多月朗星稀的夏夜，远近山民背着鲜叶前来加工。也有黑夜中的摸索，燃起的松枝火把连成一条长长的火龙。吆喝声更是此起彼伏。宁静的山庄一时间变得热热闹闹。

绿茶的销路明显好于红茶。且不说一车车运出村口的上等好货，单是一趟趟进村收茶的个体商贩也称得上络绎不绝。小贩们多是出不起价的，他们常为一角两角的单价和卖主磨破嘴皮，或者干脆背着镰刀、锄头、面条、衣服什么的前来兑换劣等茶叶。茶农们单纯质朴的经济头脑在这种频繁的商贸活动中活络起来。从起先的有价即卖到讨价还价最后到自找买主，甚至做起生意来：将村子里生长了一百多年的古杉图像印在塑料袋上，打个品牌，一袋一袋分量封好，成批运下城去，除去加工成本和盘缠，利润还算可观，比起坐等买主，无疑是大大“肥”了一把。这种商业头脑，或许应该算作走出小农意识艰难而关键的一步吧。

茶山里的人在茶园长大，手上沾满茶香，但茶农喝的却是由自己加工的“白茶”。每年末道茶采摘完后，没有茶园的山外亲朋总不忘来茶山和主人一道摘捡山茶。这道茶几乎不分粗细，只要是嫩叶统统收入掌心。摘得不多不够机械加工，只得自己出手。但这种纯人工加工的茶的口感，却有着经受住时间考验的原汁原味。曾经，这种“特产”不仅是送给远房亲戚的珍贵礼物，甚至一度成为老农们结交“权贵”的“贿赂品”，在乡里找人办事也得带上几斤。

茶山的人喝茶也讲个时令。农忙时节，一把茶叶加一壶开水，凉了之后咕哝咕哝好一阵猛喝。真正和享受有关的，还得数冰天雪地的冬闲时候。几个志同道合的年轻媳妇儿聚在一起，围着旺旺的火塘，手里熟练地纳着千层底，口中念念不忘这鬼天气，随即是对远出未归亲人的牵挂。这时的公公笑眯眯放下手中一米多长的大烟杆，绝无怨言地来执行泡茶的公务。老人的动作是没有时间概念的，慢吞吞拿来泛着釉光的陶瓷瓦罐，轻轻放在火上预热。三根筷子样的指头夹一撮茶叶，时而还抖落几根。茶叶在罐子的不停抖动下频频翻滚。待够了火候，先将茶罐退出火塘。开水必须是滚烫的，先注入少许，立马盖好罐盖，不能让扑哧腾起的水汽有一丝逃逸，等几秒钟再加满水，置于火塘边缘慢慢烤煮。罐子里歌舞一阵后茶便沏成了，公公给每一位都递上茶，自己也得意地品起来，苍老的面容绽开鲜花般的微笑，俨然一种独享绝世佳技的自我陶醉。

由这种原始的“茶道”冲泡出来的“圣品”，是享受者回忆的源泉。在揭开茶罐之前，人先进入想象的仙境。揭开盖子，一股淡雅的清香徐徐升起，鼻孔也就忙碌起来。当浅绿的茶水与口中蓄积多时的涎水汇合，品尝也就上升到了与心融会的“神遇”境界。只需轻轻一吮，便会记忆永存。

变相地离开茶山已有二十多年。在异地他乡，收拾好一天的疲倦，品尝茶山里生长、茶山里采摘、茶山里加工的绿茶，心里难免被激起一种无以言说的复杂情愫。很多时候，也有幸走进城市，走进一家家豪华典雅的茶庄茗苑。每当打扮时髦的招待小姐托着古董般的茶具将各种名牌茶水奉上，总不免勾起一个游子关于茶山的思绪。端起茶杯，我坚信吸入心脾的只不过是一种虚假的应酬。我的思想，连同骨髓，已被烙上乡情的深印，牢牢融结在茶山的最底层。

第二辑　在城市的枝头看见乡村的鸟鸣

一只山鸡飞离村庄
带着隐秘的仇恨
在城市枝头日夜鸣叫

无数被村庄仰望的人物
吸干了故土的最后一滴血
静静等待着大地的死亡

走出村庄的孩子啊
请告诉我　你的离开
究竟是荣耀还是背叛

走在城市的边缘

我不是官二代，也不是富二代，我是地地道道的农二代。

农民父亲已经辞世。农民母亲坐在轮椅上掐算着儿女的归期。我走在城市的边缘。

地地道道的农二代走在城市的边缘。

走在城市的边缘小心翼翼地生存。买郊区的便宜房子。骑即将被禁的电动车。徘徊在城市的霓虹灯下。唱千里之外的山歌。

城市张开血盆大口吞噬着我的钱包。交完赡养母亲的份钱，岳母的六十大寿如期而至。嗷嗷待哺的是七个月大的女儿。还有月经一样准时的房贷扣款，高利贷一样绝不能延误的人情账。还有餐桌上的碗，我喝红酒的郁金香杯，喜欢吃新鲜樱桃的妻子的嘴……

城市伸出一只无形大手无情地捏碎我的梦想，梦想里有我的诗歌、我的文学、我的事业、我的尊严。梦想破碎时如一只无名的虫子被踩踏，身体裂开的声音沉闷而清脆。

在城市里行走容易疲惫，耳边没有鸟叫，没有风声，只有嘈杂的争吵和无休止的噪音。

城市里的疲惫是失眠的先兆。我曾在故乡的庄稼地里枕梦而酣，但在城市的床单上我无法入睡。

深夜，绕开妻女，披衣下床，开门下楼，赤脚行走在城市的街道。

行走在城市的街道远不及奔跑在故乡的田埂上舒坦。

深夜，就这样走在城市的边缘，没有打扰任何人，只想仄身挤进一间咖啡馆，独坐到天明。

在城市的枝头看见乡村的鸟鸣

城市是一个天然的磁场，即使你想挣脱也会被吸引。

城市的确拥挤，但人们似乎都乐于接受摩肩接踵的亲密，难道拥挤中有踩脚擦肩的快感？城市确实嘈杂，但人们似乎很享受熙来攘往的呼喊，莫非嘈杂中有呼朋引伴的亲切？当然，也有人批判灯红酒绿的罪恶，却转身流连于歌楼舞榭的愉悦，毕生追求锦衣玉食的尊贵；还有人控诉城市文明的虚伪，却只能让自己徘徊在文明的边缘，以向后的姿态对抗奔跑的力量。这些乏力的咏春拳无法击中城市躯体的死穴。

钢筋水泥是冰冷的、单调的，也是坚固的、齐整的。高楼大厦是压抑的、奢华的，也是雄壮的、集约的。况且还有工作赚钱的机会、琳琅满目的商品、西装革履的精英、衣着光鲜的美女……一切都在刺激着你的欲望，照耀着你的梦想。在效率与充实的标尺上，城市旋转的机器胜过乡村肩挑背扛的原始，城市匆忙的脚步胜过乡村海吃胡侃的悠闲。城市代表开放、时尚，代表发达、繁荣，代表快捷与方便，代表规则与秩序，代表速度与节奏。

当然，城市的繁华极易走向奢靡，城市的规则极易导致呆板，城市的时尚极易流于平庸。适度的追求是人性的解放，过度的追求是人性的泛滥。凡事皆然。城市还有另一副面孔，布满灰尘的面庞上镶着一张贪婪的油嘴，堆满一串串狡黠残酷的坏笑。于是，便有了灰蒙蒙的天、脏兮兮的水，有了赤裸裸的争斗、冷冰冰的面孔，有了梦想着逃离城市却又寸步难移的城市里的人。

于是，普通市民之上的城里人开始向往乡村。他们想着做一个潇洒的农夫，喝着甘洌的山泉，种着三分地的开心农场。然而这毕竟只是一个幻想，他们不可能舍弃自己辛苦奋斗得来的一切。他们最多在别墅的菜园里种点瓜豆，或者在楼顶和阳台上养些花草，最远也只是到郊外闻闻泥土的气息。郊外是城市的乡村，正如集市是乡间的城。来到郊外，城里人的乡土情结就算释怀了，这里是他们面对乡村生活的妥协，是向乡村自然回归的象征。

有人说，将城里人的历史向上追溯三代，一定是农村人。我的历史无须花费如此多的精力来考证，跟千千万万出生在农村却定居于城市的人一样。我们看得清城市的多幅面孔，自然也清楚乡村没有那么多诗意。因为逃离乡村的苦难而奋斗，只为做一个普通的城市市民。对于我们而言，乡村只是一个温婉的情人，再令人回味也已是别人的新娘；或者是一个泼辣的前妻，在一起时总觉得苦，离开了会念着她的好，但你终究不可能再和她在一起，即使你们有共同的儿女。有时我在想，为什么你的眼里常含泪水？是因为你对乡村的土地爱得深沉。为什么你对乡村的土地爱得那么深沉？是因为你离开乡村太久，抛弃乡村太随意，而且必将继续远离乡村，彻底抛弃乡村。对于在乡村的怀里长大的孩子，这是一种成功呢，还是一种背叛?

这样的追问永远也没有答案。我只知道，在光怪陆离的城市里，有这样一群人。他们生活在城市，却愿意把城市当成乡村。城市的街道是乡间的田埂，车辆是田间的蚂蚁，一座座工厂是地里一株株结实的庄稼，一幢幢高楼是林间一棵棵疯长的树。怀念乡土时，可以站在高楼的顶端，犹如攀爬在城市的枝头，朝着故乡的方向凝望。凝眸间，定能看见乡村的鸟鸣。

家与休息的地方

仓颉造“家”一字，得形具神，想来定是费神不少。上有宝盖为顶，下有猪豕为财。得屋居之凭，可遮风挡雨，蔽日蒙霜；据畜禽之财，以润嘴填肚，糊口养家。

单看这字面上的循环逻辑，就得命定“家”字的上下两半不可分开。有房屋和口粮，也就是基本的物质保障，定当是构成家的基本条件。欲成一家，二者似乎缺一不可。有很多老先生就喜欢教训成双成对的男女大学生，“肚子都填不饱，还谈什么恋爱?”样子很是诚恳激动。也有数不清的女士用一句话回绝向自己求婚的男人，“房子都没有，真要我和你‘过家家’啊?”当然这句话或许是有些女性内心朴实的要求，但更多时候是有潜台词的：不吃香的、喝辣的，不住别墅、开跑车，休想我嫁给你!

由此，构成家的条件，也是想成家者为之奋斗的目标，还是业已有家的人不断超越的起点。料想憨厚纯朴得近于愚笨的古人，日出而作，日没而息，耕织井然，食饱堪足。“家”这一形象在这些前辈的心中，顶多是一个场所的代名词，一个遮风挡雨、睡觉休息的地方；二十一世纪的家，不仅仅是生活的家园、休憩的港湾，更是财富的象征、能力的标志。古人穷其一生能得一所在，定是安然寄身而心无旁骛；二十一世纪的人则为立一家不择手段，不知不觉让家成为上演人生悲喜剧的奇幻舞台。

现代的人，“身”“心”多闹“分居”，往往得陇望蜀，会走想飞。非但物质上难以满足，情感、欲望、精神空间一律是难填的“黑洞”。故而人生的追求，房子要大，车子得贵，钞票要多，地位要高。在他们眼里，蚁居、蜗居都不算是家，三室一厅才能勉强栖身。家里要装饰得像宾馆，电视得有两三台，卫生间还得有个大浴缸。殊不知芸芸众生为了这个硬撑起来的家，不得不背上一身债务。省吃俭用疲于奔命，到头来落得夫妻俩为小事争吵不得安宁。少数成功人士自是不必为这区区几个小钱发愁，但对他们来说，要建一个“家”又太容易，故而未免不落入“狡兔三窟”的窠臼。虽得一时之贪欢，但大多最终东窗事发，落得官丢家散，即便是无官无家的“自由人”，亦不免事后精神空虚，找不到真正的精神寄托。

前不久朋友来电话，说他辞职了。问其原因，他愤愤而又茫然地说出了海德格尔式的两个字——被抛。朋友供职的是一家私营企业，薪水颇丰，待遇不菲。他本把公司当作自己的家，勤勤恳恳，兢兢业业，不料这次在宿舍唱唱歌、弹弹吉他，却遭来一阵猛批。他的顶头上司说寝室是给你休息的地方，不是你的家。朋友气愤至极，顶嘴说这不是我的家，难道我要唱歌还得跑回我千里之外的老家去？休息就是睡觉的意思？我不把这里当家，我怎么静下心来给你干活？

家固然是休息的地方，但绝不只是睡觉的地方。只要够累，觉总是可以睡着的。而一个人要真正得到休息，必是身心愉悦，形神爽怡，至少也得让心灵有回忆的依托。由此看来，身心愉悦与否与家的物质内容又没有了直接关联。深居豪宅的人或许有数不完的家苦情孽，有如井底之蛙整日盼着逃出这“围城”。而箪食瓢饮、幕天席地尚且不说，在物欲横流的现代社会，偏偏还是有那么一些“傻瓜”真正地与世无争。他们守着狭窄的房屋和微薄的薪水，默默从事着并不神圣却令其不轻言放弃的工作。瞧瞧那自我陶醉、其乐融融的样子，大可断言他们一定找到了供自己休息的“家”。

想来海德格尔为人们竭力找回的，大概包含了这种朴实的“家”的理想。他的“诗意的栖居”，他作为存在的家园的“语言”，一定有一个在属于自己的家园里能真正得到休息的地方。

徐闻四季菠萝香

在温婉又有些热烈的四月天，南国耀眼的红土地上早已是瓜果飘香了。我们一拨平时喜欢写写画画拍拍的人说出去走走吧——一直听说徐闻有个曲界镇，那里有成片成片的菠萝，好看，好吃，好玩！

这样的季节，午后的太阳想来就让人大汗淋漓。我们选择头天晚上在徐闻县城住宿，经过一夜的休整，第二天很早就精神饱满地出发了。车行不久，便感觉路旁有一块块菠萝地在窗外向后奔跑。对面不时驶来一辆辆农用车，满车的菠萝堆积成山，高高耸立在车厢里却没有任何遮拦，行走在并不宽阔平坦的马路上，又总是那么稳稳当当。这确实是绝活，那些装车人的手艺将一车人的话题自然地引到了菠萝上。这种又甜又脆的可爱水果我是早已爱上了的，但对它的“成长史”却知之不多。据说菠萝的原产地在南美洲的巴西，16 世纪中期由葡萄牙的传教士带到澳门，然后引进到广东各地。如今在南方的两广、福建等省份都有广泛种植。尤其是在广东徐闻，很多地方都以菠萝种植为支柱产业，当地老百姓有一句话，“徐闻菠萝冠中国，曲界菠萝半徐闻”，说的就是眼下这个盛产菠萝的小镇。想想就是这么一种金黄的诱人的水果，在一个闭关锁国、实施海禁，同时也是大量传教士来华交流的朝代漂洋过海，来到一个神秘的东方文明古国，经过世世代代劳动人民的精心培植，成为南国土地上人人珍爱的名果，该是一件多么神奇的事啊！

闲谈间，车驶入一条狭长的红土路，七弯八拐之后，停在一块略显突出的高地上。放眼望去，一幅绝美的油画映入眼帘。脚下的一畦是刚长出的嫩苗，活像欧美新生儿的头发，稀疏疏、黄绒绒的，却注定会茂盛地生长；稍远处，一条苗条的小河婀娜着身姿，扭出柔和轻盈的曲线，风吹着两岸纤细的小树，倾斜摇摆着，宛如河女舞动时裙装上的流苏；再远处便是一畦一畦的生命了，树草瓜果应有尽有，最抢眼的当然是菠萝；在整块田地之间，不时间杂着几块光地，或是刚收割整理暂未耕种，或是播了种还没冒芽，赤裸着褐红的肌肤，点缀在七彩的田布上，倒像是农夫们在不经意间为这幅杰作盖上的印章；而在视野之内蓝天之下，依稀可见一排排桉树挺立，为田野和村庄站岗护卫，成为画幅镶边再自然不过的风景。

此起彼伏的惊叹声告诉我，同行的朋友已被这大自然的杰作征服了。我又何尝能够逃脱呢？其实我是不想将脚伸进地里的——真不忍心弄脏这幅画。朋友们都很兴奋，瞬间便散落在一望无垠的菠萝地里，宛如一艘艘五彩的帆船，摇荡在这一片菠萝的海。没有人怀疑，只有亲近土地才能真正听到生长的声音。为了寻一块僻静，沿着狭长的红土路独自前行，束紧裤管，避开锯齿般的青叶，仄身于“摩肩接踵”的菠萝地，谨慎而又急切地弯腰细赏着浑身是刺的金果，品咂着沁人心脾的清香。无须按动快门，也无须品尝鲜果，把美景和味道留在记忆中就足够了。

徐闻是中国的“菠萝的海”，曲界又是徐闻菠萝的半壁江山，眼下这大片一眼望不到边的菠萝地料想定是曲界菠萝最集中的地方。抬眼环视四周，菠萝成了视觉的全部：有刚插苗的，呈不同程度的黄色，休整了等待新一季的奋斗；有芽苗生长正旺的，收起先前的稚嫩，墨绿的储蓄中透出花繁果硕、儿孙满堂的自信；有刚挂果的，像是怀孕的新媳妇儿，欣喜中带着羞涩；有已经成熟了的，像身佩利剑、头戴绿色羽毛头饰的印第安士兵，在郁郁葱葱的矮树丛中高举着密密麻麻的金黄的战利品；有采摘过的，空虚凌乱的青绿怀抱中泛着或褐红或银白的光点，等待着主人将老茎繁殖出新苗做最后一轮的任用。无论老少，菠萝树绝大部分横竖成行，笔直地站着军姿，也有弯弯曲曲的，自有一种随意的闲适和曲线的柔美。好在地是够用的，这轮番间作的菠萝各自处于不同的生长时节，却如此自然地和睦相处，足以窥探这一物种繁茂的秘密了。

当我擦掉脚上的泥土回到出发点时，一车人已经在回程的车上盘点这次采风的收成了。所见略同，徐闻的红土地是充满诗意的，也是富有生命力的，“菠萝的海”带给每个人的震撼无疑将巨大而持久。唯一遗憾的是没有体会到亲手采摘菠萝的乐趣，没有亲口尝到田间最新鲜菠萝的味道。但这每一颗金黄的菠萝无一不是由菠农们晶莹的汗水浇灌而成的，自然不容随意糟蹋，况且“读书人窃书不算偷”的谬论在这无人照看的菠萝地里是说不通的，这样想着，也就释然了。

当然，希望还是带回来了，那几根从菠萝地里捡拾起来的废弃的苗芽，经烈日暴晒几天之后，早已被插在了深大的花盆里。时至今日，颜色倒是略有返青的迹象，只是不知这原本生长在天地之间的造化之物，最终能否在居家的阳台上修成正果。菠萝是一年四收的多产果品，只要你愿意付出汗水，她就毫不吝啬地报之以金黄。眼下正是夏果成熟的季节，可我的心里仍保留着暮春四月的菠萝味道，又仿佛看见不远的秋冬季节里一张张灿烂的笑脸。这或许是物种繁盛的另一个秘密吧。在这个南国边陲的小城，沿着季节的路径“徐闻”下去，一年四季都是醉人的菠萝香。

背朝大海

从小生活在山里，天之大，也就是山脉四周圈定的那一块。对于水的最初印象，是从屋边的小溪和山脚的小河得到的，下一次暴雨，清澈安静的小河变成浑黄喧闹的大河，于是觉得“天下之美为尽在己”。至于大海，只是小时候家里板壁上贴着的一张画报：一棵倾斜的椰树，一片洁白的沙滩，一张躺椅和一把茅草伞，远处是一片深蓝的海和蔚蓝的天。这幅图是唯美的，也是遥远的，那时关于海的一切都只能从书本上获得，所以十分陌生，当然也一直充满期待。

第一次看见海的时候，我已经是一个二十多岁的大龄青年了。四月的北海银滩已是白光点点，人流如织。那次真正去海边活动是在晚上，一个学术上刚入门的研究生，带着怯怯的谦卑跟随一群专家来到沙滩。我不会游泳，只能在浅水区抓着缆绳和浮球随着海浪的冲击晃动着身子，别人尖叫，我也跟着乱吼，玩了不一会儿就回到了酒店。回想着此生第一次与海的亲密接触竟是如此的仓促和肤浅，只是隐隐感受到了海水的腥味与苦涩、沙滩的细腻与松软，多少还是有一些遗憾。

对海产生深刻而美好的印象，是在三亚，也是我第二次看见大海。

有人选择在冬季去三亚享受寒冷中的温暖，我却是在夏季去感受炎热下的清凉。其实对于我这个在武汉待了几年的人来说，三亚的夏天一点都不热，走到哪里都有微微的海风吹着，只是紫外线强烈了一些，打伞做好防晒措施就可以了。我们是跟团旅游，虽然没有自己选择时间和景点的自由，但也算方便快捷，几天下来，领略了黄金海岸的水清滩阔、天涯海角的悲情浪漫、大小洞天的奇特秀丽，当然还有西岛和亚龙湾。

三亚的风景确实好，这一点不承认对不起自己的良心。这里水清、天蓝、地绿、海阔、石秀、沙细，加上道路畅通、空气清新，的确是个旅游的好去处。三亚之行给我印象最深也最让我留恋的，是坐快艇浪遏飞舟去西岛的经历。西岛是何许岛也？当时在地图上找遍了整个南海也没找到，后来在网上将三亚的地图放大到最大，才在它的南面找到了这个形似不倒翁的小岛。在西岛上，如果你是一个稍有情调的人，自有一种什么都不想做的悠闲，又有一种什么都想体验的繁忙。这里依然是海水纯澈，沙滩细白，依然是椰树林立，阁楼微耸，只不过，一眼能望到头的有限陆地和望不到边的茫茫海水，会让你顿生一种遗世独立的错觉。赤脚信步在细软的沙滩，或闭目躺在摇晃的吊床上，或是在石凳上小憩，在树荫下小饮，这时，在重金属乐器的烘托陪衬下，传来长发披肩的流浪歌手嘶哑的歌唱，一种颇富磁性和穿透力的边缘之声，带着撕裂的疼痛和反抗的力量，你会在不知不觉间跟着优美的旋律追问：这是在哪里？是谁唱出了自己心中埋藏多年的秘密？这背后有没有与自己相同的故事？这就是西岛的魅力，善于用边缘和苍凉征服一个人，即使曲终人散仍然回味无穷。

那一次的三亚之旅还有一个重要收获，就是终于目睹了小时候家里板壁上所贴画报的“真迹”。应该说，与画报上画面类似的场景在南方的海滨城市是常见的，但在亚龙湾则是原版，所有的道具一应俱全，包括光线、色彩和造型都一模一样：近景是一棵倾斜的椰树，手掌般张开枝叶；稍远处洁白的沙滩上，干净的躺椅躺在圆顶的茅草伞之下；镜头推到海水里，由近及远，海水的颜色由浅变深，几点帆船、礁石点缀其间；远景处，海天相接，将整个画面笼罩在蓝天白云之下。这幅图景满足了我少年生活中关于海的所有遐想，如今能够亲见并亲身体验一番，也算是还了心愿了。

三亚之旅结束后，亲近大海的次数并不算少。2010 年去厦门找工作，来去匆匆之余挤出三个多小时去了一趟鼓浪屿，匆匆忙忙的走马观花让我没有留下关于此岛、此海的深刻印象，倒是和临时聘请的导游小姐谈起舒婷时感觉颇为投机。之后来到海滨城市湛江工作，常去金沙湾近海处走走，朋友来了也带着去坐了几次红嘴鸥的游船，远观过十里军港和码头，夏季和春节去过两次东海岛，还去过南三岛。不知为什么，在湛江的海上，除了每次看见军舰时有几分激动，其他多半时候都感觉平平。倒是有一次去阳江的海陵岛，一时兴起，租了一辆沙滩车在海滩上疯玩，有那么一点纵横驰骋、征战沙场的感觉。

2011 年暑假去了一趟韩国，在济州岛参观了《大长今》和《冬季恋歌》的拍摄地。我并不是一个韩剧的热烈追随者，所以对这些都不太感冒。济州岛上的植被碧绿松软，自有一种天然之趣；海边黑色的礁石林立，形成质感强烈的柱状节理，也是一大特色。旅程结束回首尔机场的途中，隔着车窗眺望他们的“西海”，也就是我们所说的黄海靠近韩国的部分，竟有一种一衣带水、四海相连的亲近感。2012 年寒假去了一趟越南，游览了被联合国教科文组织列入《世界遗产名录》的下龙湾。下龙湾有“海上桂林”之称，我曾在桂林待过三年，自然有些亲切感。据说在这一片海湾里，耸立着大大小小 3 000 多个“迷你”小岛，绝大部分还没来得及命名。随着游船在形态各异的山岛间穿梭，真真正正是“人在画中游”，这一点跟游漓江很相似，但说实话，漓江现在的水越来越浅了，这种漂流画中的感觉是赶不上下龙湾的。

几次的国外之行都与海有关，这纯属巧合。想想这世界上的海洋之水都是连在一起的，只是因为人为地分成了不同的国家，才造成了彼此的分割和由此带来的神秘，谓之“异国情调”。世上美景多，风景在人心。“异国情调”有时是一种本国实实在在无法企及的风景，更多的时候只是一种面对缺憾寻求弥补的情结。单从自然景色本身而言，看海并不一定非得出国，的确如此。

于是又在今年的“五一”前夕去了一次茂名的放鸡岛。也是坐快艇抵达一个远离陆地的小岛，快艇掀起大浪飞速前行，同行人的尖叫声随着船的上下颠簸此起彼伏，一下子唤起了当年在三亚西岛的纯粹和激情。夜幕降临，一家人在一栋海边的木屋小别墅住下，屋顶有一块透明的玻璃，用布幔遮着，电动打开后可以看夜空里的星星，推开窗子就是大海，辽阔而涛声依旧，或躺在小阳台上的藤椅上，或凭栏而立，让海风吹走烦恼和疲惫，似是一个暂居的好去处。作为一个学现当代文学并以文学为生的人，此时此景很难不让人想到海子的名诗，但我好像已经过了满怀诗意的年龄。以前也憧憬过有一所房子面朝大海，幻想着有一间正对大海的书房，落地的玻璃墙一尘不染，阳光打进来是那么敞亮，我作为唯一的主人，在书房里读书写作，累了就看看大海，吹吹海风，何等惬意舒爽！现在才知道，填海造地建房，地基其实是不太稳固的，加之海边腥味带来的嗅觉刺激，潮湿和盐分造成的腐蚀，还有台风这个隐形杀手的潜在危险，所以若是长居，面朝大海的房子并不如想象中那么富有诗意。何况海边的房价节节攀升，实在没有必要因为一个梦想而葬送很多年的生活。就让我当一回阿Q吧。想做文艺青年的时候就去海边住一晚，浪漫又实惠，有什么不好呢？

这时才突然悟到，我从山里来，海是远方客。山属阳，是伟岸的身躯、坚韧的骨骼；水属阴，是优美的身姿、涌动的血液。山有顶天立地的豪情，有界限分明的原则，却少了水的包容与变通；水有融化钢铁的柔情，有随物赋形的灵活，却少了山的硬朗和骨气。虽是各有所长，但我更喜欢山，我的性格之爱恨分明的棱角、不懂圆滑的顽固，都跟生长在大山有关。我这人似乎天生对水缺少悟性，学了很多次游泳，直到现在连狗刨式都还不会，估计这辈子也就是个旱鸭子了。海对于我来说，只能远观欣赏，无法真正融合，我承认曾被她撩动过情思，但绝不会与之成为终身伴侣。无须进行DNA比对，我是大山的血统无疑。我能真切地感觉到，山的基因已经深入了我的骨髓，虽然暂时居住在海边的城市，但面对大山，我只能背朝大海，最多在必要的时候转过身去做一次短暂的亲近罢了。

南三纪行

南三岛，古属高州府吴川县南三都，今为湛江市坡头区南三镇。古时因水土肥美，候鸟眷集，故名鹭洲岛。此岛天生丽质，然养在深闺。新得“广东十大美丽海岛”之誉，旅游开发如火如荼。甲午孟秋，幸而游之。美景星布，不可遍数，择三以志。

靖海宫

靖海宫。大王公庙。

茫茫南海中一块潜居的神石，与广州湾的渔民续约着前世的尘缘。一个允诺的兑现换来满船丰收，一方低矮的石头，迎来三位皇帝的敕封，接受了四百多年的朝拜。一个传说，跟一块平凡的石头一样普通，却正在变成神话，承载着一代代渔民祈求平安丰收的朴素愿望。

一座神庙，背靠绿林，雕梁画栋，金碧辉煌。殿外轻烟袅袅，香火鼎盛。善男信女一脸虔诚，跨过高高的木门槛，至大王公前跪拜行礼，击鼓敲钟，将祈求之事面告神灵，或默念心间，一套庄重的仪式在鞭炮声中完成。

这就是民间文化的巨大力量，也是中国寺庙的典型方式。在科学解释和逻辑论证的盲区，无数失意的人留下痛苦，带走希望。这是祖先留下的传统，也是人人自知的秘密。靖海宫自然也不例外。

一座神庙，面朝大海，水清浪平，开阔无比。一艘军舰的偶然停靠改变了一个海湾的历史进程。陌生的呵斥打破了村落的宁静，锄头的反抗抵不过坚船利炮的侵袭。法国佬的小艇从这里登陆，广州湾的历史从这里出发。

四百多年了，石头的传说还在继续。殖民者和反抗者成了各自的传说。靖海宫，依然驻守在安宁平静的海边，与灯塔和村落一道，成为广州湾的见证。在这面由耻辱创伤和不屈不挠铸成的镜子里，写满了荣耀，映照着光明。

陈氏小宗

湛江坡头南三田头村，陈氏小宗所在地。

一个村子只有一种姓氏，这已经是一个奇迹。

进村的沿路被一条条红色的横幅挂满，上面写着各家各户捐献给本村年例的现金数额。在陈氏小宗的祠堂里，三面陈姓列祖列宗的牌位整整齐齐地陈列着，宛如一块巨大的碑林，无声地书写着一个家族的风风雨雨。宗族制度的形式在这里被完整保存，宗族文化的威力在这里得以见证。

终于理解这座宗祠的主人陈上川，何以毕生不忘前朝统治，宁愿漂洋过海，远走安南，也不侍奉清朝，并在当上了安南王之后，仍时时不忘家国故土。“衣锦登高望北京，心中常眷故乡情。千言万语凭难诉，独坐楼头待日明。”是遗老遗少还是忠贞不二，自因民族和历史观念的不同而各有所见，然而强烈的宗族观念产生的族群认同感无疑是重要原因。家而族而国，或许是每一个如陈上川一样的人根深蒂固的民族情结和国家观念。

然而，一个躲避清朝统治的人，到另一个国家当了王，凭借位高权重，组织人马远涉重洋，运送满船的金银珠宝和木石材料回故里修建祖祠，而自己最终客死异国他乡，这诸多矛盾又如何统一呢？好在历史并非一种逻辑，而最终又都能归为一种情感，那就是宗族归属和家国情怀！

陈氏小宗，一族人的汇聚地，一种文化的活化石，一个景点，一段传奇。

南三听涛

南三岛的海是原生态的，有一种未经驯服的野性的力量。

南三岛的东海岸是南海的尾端。在广阔浩瀚的南海边缘，依然浪翻潮涌，海涛阵阵。

蓝天。白云。碧海。银沙。在这样的背景下，如果你是一个亲近大海的勇者，定会换上一身行头，赤脚踩着细软的沙滩，一步一步迎着深水探索前行。或纵水小泳，或悠闲戏水，或干脆只是静静地站在海水深处，任凭一个又一个凶猛的浪头袭来，让隆隆涛声在腰间撞成脆响。

一个人独享大海也没有什么不可以，只要你有那份耐性和情趣。慢慢等待嬉戏喧闹的游人逐一散去，月光下，晚风里，带着一颗诗心独自登上听涛亭。放眼广阔的海域，细听涛声排着一字，由远而近向你走来；或者闭上双眼，独赏一个个音符跳跃着奏响海涛的交响乐。

如果觉得这还不够，那么，请你停驻在海边别墅吧！透明的清晨，在碧海蓝天下翻开最美的书页，与海风涛声共读；漫长的夜晚，放下一切烦恼躺在床上，打开窗子，让涛声来到你的梦乡。儿时所有的记忆会在梦里慢慢回放，儿时所有对大海的向往都会在涛声里得到补偿。

南三听涛，需要心境，需要境界。海涛，松涛，和着心灵的涛声，在高处的云端响起，声声清脆。隆隆涛声背后，掩埋着海沙疼痛的呼喊，网兜着渔民赶海的苦乐，谱写着南三人未来生活的乐章。

城的眼

一座城市是万万离不开水的。饮用生活倒在其次，紧要的是，唯有水能软化钢筋水泥的坚硬，洗净繁华表面的纤尘。水属阴，释放着女性的灵性与柔美，彰显着母性的柔韧与胸怀。水有百态，涓细如溪，浩瀚如海，百溪汇聚而成河江，四海相连而成汪洋。诸态皆备的城市是鲜活生动的，在她的躯体里，溪涧是密布的毛细血管，江河是奔涌的大动脉，大海则是时刻搏动的心脏，都是动态的生命之流；唯有湖，宁静幽深，明眸善睐，是一座城市永不闭合的眼睛。

鸭乸湖便是湛江的眼睛。

目光遥望，远在宋元时期，今湛江老城区赤坎还是一个海边小渔村，明末清初逐渐形成了赤坎埠。据《遂溪县志》记载，“赤坎乃遂南边陲一小镇也”，在清道光年间，赤坎埠“商船蚁集，懋迁者多”，“商旅穰熙，舟车辐辏”，已较为热闹繁华了。法国租占广州湾后，广州湾一度成为自由贸易港，加之法国人进一步疏浚航道，赤坎埠来往的船只络绎不绝。在抗日战争爆发日本人未占领广州湾之前，不少逃难的商人来到广州湾，赤坎又一跃成为重要的出入口。当然，赤坎的历史是与填海分不开的，现在的中山路、民主路、南华酒店一带以前都是海滩，清、民国和共和国时期似乎都热衷于填海垦地，《雷州府志》谓

“赤坎商店多半改造洋楼，填海滨而铺户加多”即是明证，民国的湛江市商会还专门设立了填海置地公司，发动商家集资填海。可以说今天的赤坎，很大一部分都是历朝历代填海造地而来的。

相对于赤坎的史书记载，鸭乸港的记忆则生长在民间。

鸭乸者，母鸭也。据说早前鸭乸港的海滩上蟛蜞、海螺、鱼虾等海生物异常丰富，适合放养鸭子，当地人素有养鸭乸取蛋谋生的习惯，鸭乸港便因此得名。

由于地理位置优越，在清朝末年，鸭乸港已经成了赤坎十分重要的出海港，不少外地人纷纷来赤坎经商、落户，成为最早的移民。法国殖民者租借广州湾时，自然也将海运和贸易地位非常重要的鸭乸港划入了租界地。法国人在鸭乸港架设灯塔，修建更楼，派士兵轮班值守，还持枪强迫中国人为其筑路填海。鸭乸港的重要和繁华是毋庸置疑的，无论是在广州湾时期，还是在湛江时期。可以想象，一艘艘满载货物的木帆船从这里出港，涨潮时，一艘艘木帆船又满载着货物沿北桥河溯流而上。一吞一吐之间，既催生了商人的利润空间，又满足了百姓的生活需要，这就是古老而又现实的港口生存法则。如今提起鸭乸港，老一辈的赤坎人仍会一脸自豪地细数她的前世今生，之后便是意味深长的留恋叹惋。事实上，直至上世纪六十年代末，鸭乸港边的居民仍是“出门见海，迈步上船”，这个堪称富庶的港湾既有商贾市集交易的热闹繁华，又有普通民众生活的自然和谐，怎不叫人怀念呢？然而这一切终究因为新一轮的填海建设而成为历史。

目光回望至四十多年前，赤坎的内海湾一片热火朝天。那是一个百业待兴的年代，也是一段激情燃烧的岁月，为了加强港口建设和军队自给，赤坎人民和当地驻军精诚团结，先后修建了工程浩大的团结大堤和军民堤。北大堤将调顺岛与赤坎连为一体，南大堤在改善交通的同时将大海拦腰截断，硬生生地将一片海湾围成了一个湖。这就是眼前的鸭乸湖。

鸭乸湖的诞生是以鸭乸港的名存实亡为代价的。此前，鸭乸港码头以东是广阔的港池，近港处可谓潮涨为海，潮落成滩。鸭乸湖诞生后，鸭乸港的出海口被堤闸封闭，肥沃的滩涂被湖水淹没，再也不见昔日海滩上成群结队觅食的鸭乸、那些沾着泥土味和海腥气息的鸭蛋、那些拾蛋为生的养鸭人，还有蚁集的大小商船、矗立的碉堡灯塔，都成了遥远的记忆。只有福建街的街名见证了当时移民客商的规模，新春路的更楼留下了广州湾时期法国殖民者的统治痕迹，青石板路的古街和渡口在那些不时出现的回忆文字里复活，无声地述说着鸭乸港由沧海变为桑田的历史神话。

幸好还有鸭乸湖，这个被官方称为滨湖的咸水湖，成了人们关于鸭乸港最后的记忆。

鸭乸湖的大是有目共睹的，绝不可能靠步行走完全程。目前，官方似乎没有发布关于鸭乸湖测绘的准确数据，但我们可以借助地图和测距工具做一个粗略估算。鸭乸湖总体上呈不规则的狭长形，单边总长在 6 公里以上，湖面最宽处达 1 公里，最窄处也有近 300 米，大致算来，湖的总面积该在 6 000 亩以上。你可以闭上眼睛想一想，一个 6 000 亩的湖该是多么奢侈啊，尤其是在寸土寸金的土地经济时代，围一个 6 000 亩的湖又是何等慷慨啊！

作为围海而成的湖泊，鸭乸湖与海的血缘关系是天然的。且不说咸水的水质和墨绿的水色，仅仅是远处隐约可见的渔船和近处残存的海产养殖拦网就足可证明。然而湖毕竟是湖，一道现代化的大水闸足以切断湖与海的直接关联，加之赤坎江的淡水日夜汇入，海的血统便被不断弱化了。鸭乸湖纵向狭长弯曲，绵延十多里，即使晴空万里也难以一眼望到尽头，而对岸的调顺岛则远近适中，晴时放眼望去，景致尽收，微雨时则朦胧含混，一切都弥漫在烟波雾霭之中。鸭乸湖因生在内海湾，固然少了海浪的汹涌喧嚣，而自有湖的内敛宁静。湖水以墨绿为底色，有时略带微黄，这大概是淡水汇入的结果吧。更多的时候，湖面平静如镜，风起时，吹起一圈圈涟漪，不规则地扩散碰撞，碎成片片细小的鱼鳞，在日光下泛起粼粼波光，甚是美丽。即使不能泛舟湖上，也很难不为这一湾美景诱惑流连。

依湖而建的滨湖公园是一个湿地公园，园内幽潭顿开，潭上阁楼独立，木质走廊曲折有致，青草遍地，万木丛生，百花争放，翠松列阵，高低错落而各色间杂，清风过处，彩色的火焰燃烧摇曳，好一幅都市生态图！园内有悠然自得信步漫游者，有汗流浃背匆匆疾走者，有不紧不慢有意观光者，有闹中取静的浪漫情侣，有挈妇将雏的家庭团队，他们或是短暂逗留的游客，或是附近休闲的市民，甚至是前来考察地段的购房者，一一带着探求的目光观瞻“养在深闺”的鸭乸湖。如今的鸭乸湖俨然一个都市丽人，独倚公园的闺阁，对仰慕者作出最深情的回应，顾盼流连间不禁风情万种。

一座城市万万离不开水，而唯有湖，是城市永不闭合的眼睛。鸭乸湖是湛江的眼睛。她可能没有湖光岩那般声名远播，也不及瑞云湖这般实用惠民，但她却有唯一咸水湖的独特，有海豚般可人的形体，有围堤断海的气魄，有吐故纳新的朝气。这一汪变幻的绿，背靠大海，面朝陆城，深邃的眼神写满一座城市的历史。赤坎从荒滩到渔村到港埠到商区到老城的多重变脸，鸭乸港从古老渡到北桥河到成为荣耀与伤痛并存的记忆，鸭乸湖从繁华海湾到宁静内湖的悄然转身，这巨大的变迁如在昨日，凝眸间已是沧海桑田。如今的鸭乸湖是这段历史的最后守护者，湖畔是宽阔的马路、高耸的楼宇、美丽的公园，喧闹与幽静似乎都恰到好处。放眼对望，隔岸的调顺岛正是“有女初长成”的上好年华，这捉摸不定却足可期待的未来，繁华与繁华背后的故事，又怎能逃脱鸭乸湖的眼呢?

梦之港

在祖国大陆的最南端，生长着一湾美丽的湛江港。

充满诗意的湛江港是美的。巨轮油仓是大的美，吊塔铁臂是力的美，机器劳工是动的美，海波涛声是柔的美。

在工业时代理解诗意，离不开钢铁冰冷的激情、流水线上繁忙的悠闲。当然，在田园之外，冰冷与繁忙也是美的。

湛江港是美的，美在不同时代所承载的梦想。建港之初，为了打破美国的经济封锁，实现新中国海上运输的正常化，无数海港人肩挑背磨建起了这个南方大港；半个世纪以来，不断地扩建和提升，始终担当着支撑一座城市经济与地位的重任；新的世纪，历史机遇又一次来临，湛江港自然成了每一个湛江人梦想崛起腾飞的有力翅膀。

湛江港是湛江人梦想起航的原点。“工业血液”在一条条血管似的输油管道日夜流淌，至茂名，至北海，至广大的西南腹地；五颜六色的矿石粉末沿着传送带匀速奔跑，挤进一节节火车皮，呼啸着奔向四面八方；一个个标准集装箱被大型手臂整齐地堆放到巨型货轮上，经过并不漫长的旅行到达世界各地。勤劳智慧的湛江港人日夜操劳，把一座城市的梦想打包，从原点发出，向四周扩散，将一座灯塔的光芒射到最远处。

湛江港是湛江人梦想停泊的港湾。浪静好避风，水深好泊船。船头迎风招展的各国旗帜招揽着异国客商，节节攀升的统计数字诠释着海港的胸怀。去的去，来的来，存的存，取的取，一个港口的生存就在货物进出吞吐之间。工人的工资，职工的待遇，船员的平安，城市的繁荣，集团的利润，政府的税收，市民的回馈……一个港口承担着太多责任与重托！

停泊就是梦想的实现，是再次起航抵达更大梦想的补给。

湛江港，梦之港……

叫你转你就转

电视里，在驯猴者的鞭打之下猴子的惨叫声不绝于耳，猴子得到糖块“奖赏”之后的满足让人哭笑不得，观众对猴子的精彩表演赞不绝口，驯猴者的人生和家庭境况使人心生怜悯，动物保护主义者对驯猴者的行为义愤填膺……

但我的耳边却不合时宜地响起一句话：“叫你转，你就转，转几个圈儿了回河南……”

晚上，乡亲们干完农活，被一阵阵铜锣声吸引到中心户的院坝里。或者是大白天，在乡村学校的操场上，在任何一个人群集中的地方，一场表演就这样开始了。铜锣响起，被细绳拴着的红屁股小猴子从中年男人的肩上跳到地上，在主人的指引下上窜下跳，时而哭，时而笑，时而倒立，时而腾空翻转，时而打躬作揖，有时还自由发挥，表演一些未经训练的高难度动作，逗得人开怀大笑。

小孩子是最高兴的，看得眼睛都不眨。老人也笑呵呵的，不知是不是在回忆自己的童年时光。年轻人也不少，多是来照看小孩和老人的，白天的劳作太单调，自己也来看看热闹。人越来越多，灯光下严严实实地围了一圈，耍猴人见时机已到，准备加紧耍一阵之后好收工。

“叫你转，你就转，转几个圈儿了回河南……”在驯导棒的指挥下，小猴子开始原地转圈。转了几十圈之后，一声锣响，小猴应声而停。一下没停住，晕晕乎乎又转了两圈。要猴人将平锅状的铜锣递给小猴，小猴乖乖地双手端着铜锣沿着人群挨个要钱。小猴用各种表情讨好观众，要猴人也连说“赏个脸”“讨个吉祥”之类的话，一些零钱落到铜锣里，要猴人收好钱，给猴子喂点吃的，整个“猴把戏”就在小孩子们的叹惋声中结束了。

这是一种美好的记忆，猴子聪明可爱，要猴人和它相依为命，观众自愿给几个铜板，不给钱要猴人也不会强要。看的人图个热闹，要的人混口饭吃，一切都那么理所当然。

但这种美好似乎只能属于儿时的单纯。在成人的世界里，这种“理所当然”是多么残酷，多么虚伪。那根永远牵着的绳子和随时挥舞着的鞭子，所代表的绝不是安全与激励，而是便于操控又体现威权的工具。鞭子的强硬惩罚配以食物的诱惑收买，再加上绳子的本质约束，再泼辣的猴子也会屈服于人的淫威之下，连人都没有办法反抗，何况一只猴子？

“叫你转，你就转，不转不管饭！”这也是人类曾面临的困境，跟驯猴者对待猴子是何其相似！禁锢、鞭打、诱惑，猴子的待遇着实可怜，但这种可怜又是苍白的，人的处境又比猴子好多少呢？实际上我们连可怜猴子的资格都没有。一旦“不转不管饭”，还不是得乖乖地“叫你转，你就转”？

叫你转，你就转，这只幕后的手什么时候能缩回去？什么时候能做到你叫我转，但我不想转，所以不转；或者是你不叫我转，但我想转，所以可以转？

看电影

前不久去电影院看了一场电影，是最近颇为火热的一部青春电影，可看后实在后悔得不行。没有像样的故事图图乐也就算了，有点内涵受点启发也好啊，结果也没有，那总得有点美感愉悦一下感官吧，还是没有！看着实在太难受，连在椅子上睡觉都万分难受，不得不提前出来，甚至产生了去售票处索要精神损失费的冲动。

应该说，我对电影还是很有感情的，考博的时候就曾想考电影学，一度拼命看片、拼命买书，书柜里至今还摆放着不少有关电影的书籍。那时虽然手头并不宽裕，但还是时常去电影院，为的就是以看电影的方式尽可能多地接触电影。不得不承认，随着电脑、电视、手机等的普及和电影的数字化，接触和观赏电影的途径越来越多，院线放映着实受到了不小的挑战。但说实话，这些观影方式都只能熟悉电影的故事和台词，最多了解其思想内容，而真要将电影作为一种不可替代的艺术来欣赏，非去正规高档的电影院不可。且不说3D或4D立体电影的特殊效果，即便是普通电影，色彩的逼真性、光影的表现力、音响的立体感、银幕的清晰度，特别是那种集体观影的大环境和认真严肃的仪式感，都只有在电影院才能真正感受得到。

遗憾的是，关于电影最美好、最深刻的记忆并不在电影院。

在高中以后的学生时代，一度对露天电影比较痴迷。为了丰富大学生的文化生活，很多大学都有放电影的传统，每到周末，学校都会在广场上放露天电影。成百上千的学生坐在阶梯台阶上，阵势实在不小。这种电影都是不用买票的，所以影片不可能太新，而且每次的两部影片大都有一部是带有宣传性质的主流电影。即便如此，看的人还是乐此不疲，除了充实自己的文化生活，还能忘我地打发掉孤独而无聊的周末时光，也算得上一种有意义的消遣吧。

每当我带一张报纸垫在台阶上看露天电影的时候，都仿佛一下子回到了小时候的乡下农村。那时我们那里的农村，电视还是西洋景，连收音机都很少，能点上电灯就已经很“发达”了。在寂静的乡村，天黑就睡觉几乎是农民的习惯，而放电影是唯一能够改变这种作息时间的娱乐方式，农民们也非常喜欢这种娱乐方式，只要听说晚上在村里放电影，手头的什么事儿都可以放下，有时来回要走三四里山路也在所不惜。

乡村电影播放的次数并不是太多，一年也就那么几次，要么是哪个大户人家过喜事，要么是农闲时候村里集体出钱每个组挨着放一场。放电影的师傅虽然就是隔壁村的人，但理所当然地被村人视为贵客，放映器材需要请专人去背，后来“电影下乡”才由师傅自己开着专门的三轮“麻木车”运送。家私也很简单，一部放映机、一块银幕、几箱电影胶片。放电影的地方一般都选在我们家，那些神秘的器材早早就堆在家里，只能看不能碰，实在有些难受。还好有一件事情可做，就是把电影的名字记熟了去到处广播，也算是做了一个义务宣传员。电影师傅总是来得早，牵好电线，搬好桌子，摆好放映机，又用绳子将银幕固定在两棵树之间，就开始打开音响放起歌来。乡亲们都知道，当第五首歌放完，电影马上就要开始了，于是听到歌声都急急忙忙赶来了。说是看电影，其实也是一次聚会，男女老少混坐在一起，叽叽喳喳说着近几天的新鲜事，有时人太多没那么多椅子就坐在圆筒木柴上。当银幕上出现带圈的倒数“3，2，1”时，电影正式开始，说笑声随之戛然而止。如果迟来的人从放映机前经过，就会被光束投下巨大的阴影到幕布上，定会引来一阵调侃的笑声。

就电影的类型而言，放得最多的当数武打片，其次是战争片和爱情片。每当看到精彩的场面，总有人带头说一声“哈格哑”，然后大家都跟着说，以此表示惊叹，而当爱情片里出现牵手甚至接吻镜头的时候，总会不约而同地发出一阵哄笑，吊儿郎当的人便会顺势开几个带荤的玩笑，大家也都一笑了之，不知不觉间，一个美妙的晚上就过去了。有时下点毛毛雨，电影还是继续，看的人躲进屋里去，一会儿雨就停了，反倒觉得清爽凉快。当然也有扫兴的时候，看着看着下起了大雨，或者突然之间机器坏了，修了半天也修不好，就只得散场，明天接着来。绝大部分时候还是有始有终的，两场电影结束，一个个意犹未尽地离开，第二天干农活的时候还在津津有味地谈论电影里的内容。

就这样，乡村电影曾经在相当长的时期内成为农民们喜闻乐见的消遣方式，一个个乡村夜晚被一个个故事填满，充实而有趣。它在遥远的山村带给人的欢乐随时间而凝固，永远停留在人们心底。前些年乡村电影成了一个热点，带着一股浓浓的怀旧情绪。现在在农村，电视早已普及，网络也正在发展，人们的娱乐方式多了，乡村电影也慢慢地消失了，即使想要恢复，也已经不是原来的样子，也找不到那个年代的感觉了。其实就艺术欣赏而言，乡村电影远远赶不上院线电影，但它在特定的年代，培养了一批特定的观众，在它的背后有很多纯真的故事。所以，乡亲们看的不仅仅是电影本身，而是感受一种气氛，体验一种生活。正因为如此，乡村电影也不知不觉成了我有关电影的永久的怀念。

开会

不管走到哪里，总能听见周围的人抱怨开会：有事要开会，没事要开例会；大事要开会，针鼻眼大点儿小事也要开会；会上念文件，一念一小时；主席台上挨个讲，没话讲也要走过场；由于时间关系，我只讲一个问题，从三个方面来讲，每个方面简单地谈五个小点；一个小时的会有半个小时在相互客套，一天的学术会议有半天在感谢致辞……

所谓“文山会海”不是说太忙，而是太无奈，太难以应付。且不说在政府机关，即便是在高校，只要你是处级及以上的干部，几乎每天都要开会，有时一天要开几场，甚至几个会同一时间开还分不开身。

当然，要开的会多说明你很重要，像我等无名小卒可有可无，自然不会有太多的会。好在我们的二级学院有个很好的传统，能电话、短信搞定的事尽量不开会，开会尽量缩短时间，少念文件，少说废话，这样一来，会自然就少了许多，以至于有些同事好久不见了，时不时惦念着怎么还不开个会碰碰面呢。

其实，开会对于我来说，还有一些值得怀念的记忆。我小时候的那个年代，开会还是一件神圣的政治活动，也没有人敢不参加。因为我们家处在全队的中心位置，所以每次的会议地点基本都在我们家。负责传达文件精神的干部一般都提前两三个小时到，村里的、乡里的，有时还有镇里的。如果是乡长或者镇干部，大多在村民们来得差不多了才姗姗来迟。那时的村民都很淳朴，开会安安静静的，干部说怎样就怎样。后来家家户户都通了广播，播音室就设在书记的家里，每天早晚准时响起，而晚上除了转播一下电台的节目，结束的时候总能听见书记说几句话，隔三岔五还要开个广播会。

那时，我总喜欢以各种形式参与开会的事，干部来了之后，我便被派去挨家挨户通知村民晚上开会的消息，左邻右舍都来了，像赶集一样热闹得很，我便负责端茶倒水，正式开会的时候我也会坐在角落里认真听，有时熬到半夜十二点，也绝不先睡。开广播会的时候我会坐在广播底下，全神贯注地领会会议精神，将家人因忙碌而漏掉的部分作十分详细的补充传达。那些干部在我幼小的心灵里是很神秘的，我会经常揣摩他们的声音，记诵他们说话的内容。据说我曾经模仿一位书记，披着衣服，夹着公文包，衔着烟嘴，大摇大摆地边走边说“今晚有个会”，惟妙惟肖，在村民中一时传为美谈。

时代不同，开会也不一样了。后来开会的干部越来越没有水平，更没有“杀气”，“刁民”也越来越多，常常和干部对着干，会议气氛是“热烈”了，但争来吵去半天也没个结果，跟没开一个样。至于广播会，收音机、电视机都普及了，很少有人再把那玩意儿当回事了。直到现在家家户户有了手机，有什么事都在电话里说，开会似乎太“土”了。

据说乡亲们已经很多年没开过会了。倒是近来的一场大雨制造了一个开会的机会：很多地方公路堵住了，学生要上学，跑车师傅要出车，乡亲们有的要出门打工，有的要去镇上办事，大家不得不碰在一起开个会，商议修公路的事。乡亲们似乎一下子感觉到了这些年开会的稀少，都很珍惜这个机会，会上有说有笑，有商有量，气氛十分融洽，效率也很高。正是这场大雨，让乡亲们似乎重新找回了那个年代的领导力和凝聚力。

突然觉得，会还是要开的。其实，开会本是一种上传下达的手段，一种行政的方式，本身无可厚非，只是会太多、太杂、太啰唆便成了问题。加之很多会，会上假话、空话、套话连篇，正确的废话一说半天，会上唱歌一样好听，会后不管不问，久而久之，形成了浮夸和务虚的风气，便为人深恶而痛绝了。

如果什么时候人们开始想开会了，那就说明会风变好了，会也就一定会开得很成功。

第三辑　只如初见

几世的修炼才换来今生相遇
你我变成亲人亲人变成自己

初见的美好是寒冬里的星火
点燃那时那刻的心动与欢喜

也许你累了但千万不要放弃
请将争吵谱写成动人的旋律

记住那个永恒的瞬间吧记住
生的喜悦爱的柔软死的窒息

燃起在洋芋堆里的爱情

在人欲横流的情感沙漠时代，让我们重温一段古典的爱情。

——题记

最初注意她，是在刚上大学的一次晚点名活动上。机械的应答声中忽然响起一声银铃。扭过头去，心头一怔，一位高挑而丰盈的姑娘：酱紫的短裙；略显紧小的深绿的T恤，衣领边缘吊着两个洁白的小球，正前绣一个白身黑眼的大耳朵兔子；乌黑的短发从中分开，各沿了耳沟流下去，形成两个后倾的“C”字；一双宽深的大眼睛高傲地抬起，眨巴眨巴的。当时我想，这女孩好像在哪里见过。

点完名，直奔图书馆阅览室。正愁还没掌握借阅技术，“喂，借书吧，先在这里登个记，然后就可以进去找了。”——是她。她似乎一眼看出了我的难处，微笑着对我说。我礼貌地说了声“谢谢”，用余波最大限度地目送她高傲的身影。

那是两个月之后的一个明朗的星期天，我刚从校外归来，在公寓门口就被二弟叫住了。

“走，后山烧洋芋吃去。”他扬了扬手中的小袋子对我说。

“哪儿？我不想去。”

“你还不知道，学校后面那么一大片山，才是好玩啰，还有我们班上几个女孩子呢!”

“那我更没兴趣了。”我甩开他的手朝寝室走去。

我刚躺下准备午睡，二弟和三弟神秘兮兮地跑来：“老大，有好事啦，今天你可一定要去!”边说边把我往外拉。一出公寓门，抬头便看见一个熟悉的身影。她今天穿了一件白色的绒外套，看上去更显纯洁。两位小弟朝我挤眉弄眼，二弟贴在我耳边说：“这不是你给我们讲起的那个《边城》里的翠翠吗？她是我们班那女孩的老乡，今天也刚好是列席代表。”

我心里有鬼，支支吾吾只得任人摆布。队伍出发了，三弟故意把她安排在我前面。我倒和她保持了很长一段距离。山路很陡，二弟不时小声对我说：“笨蛋，快上去拉她一把呀!”我羞答答直摇头，只是不停地瞟她有个性的“C”形黑发，欣赏她行走于山路的勇敢与稳健。

我们找了一块平地坐下。在二弟的“操纵”下，兄弟三人和她分在了一组。这回三弟倒异常勤奋起来，他让我们三人“斗地主”，独自承担了烧洋芋的整个劳动。她似乎不放心，四处找寻后寻了一把木棒当柴烧，这才和我们玩起扑克来。

牌场上她倒笨得可爱，尽输。正在三弟宣布“开饭”时，半山腰传来喊叫声。三弟出去侦察了一会儿回来报告：“糟了，护校队来了!”我们正不知所措，她命令了一声“快”，便带头用土掩埋了熊熊烈火，搬来一块石头往土坑上一放，一屁股坐在上面。“先生们，快把烟点燃!”在她的提醒下，我们开始吞云吐雾起来。“大檐帽”在几米远的地方瞧了瞧说后山是不准抽烟的，难怪那么大的烟雾。我们都装出惭愧之色，掐灭了烟蒂。等他们一走，我们便扒开土堆里烧熟的洋芋，香喷喷地品尝起来。

“真是有惊无险，你这个大记者倒要写篇报道了。”我终于壮着胆恭维她了。其实，知道她从两百多人中脱颖而出成为校通讯社的记者是昨天晚上的事情。

“那你这个大作家可又要在报纸上发篇散文哟！”她悻悻地反诘道。

二弟在一旁连连叫好。我们这才发觉刚才所言似乎暴露了各自的心思，一时都窘了起来。

很快，落日洒下余晖，我不得不怀抱绵绵情意依依不舍地送走了夕阳。

“哈哈，报纸上的散文，你怎么知道的？莫非……哼，你这姑娘家……”这一夜，我失眠了。我不得不对自己说已对她产生了感情。多少次我试图恪守当初进校时大学四年不谈恋爱的诺言，但她的气质和魅力使我难以抑制多年来对爱情的憧憬。我突然觉得她就是我想要找的人！

后山烧洋芋事件不胫而走，我的室友和她的几个朋友似乎对我们的“关系”很感兴趣，时不时开我们的玩笑，好不尴尬。

享受了几天想象的快乐，我再也无法抵挡情感的折磨。那天早自习，还在教室门外，远远地望见她坐在正对门的后排的座位上。不知哪来的勇气，在众目睽睽之下，我径直走到她身旁，柔声问道：“这儿有人吗？”其实我内心早就等不及她说没有了。她拿回放在身旁座位上的书让我坐下。我顾不了同学们惊奇的目光和平日的胆怯，频频问她一些无关紧要甚至可笑的问题。这一上午，我们谈了整整四节课。

中午放学，她最要好的朋友“鸭子”要请我们吃饭。热腾腾的洋芋腊蹄火锅驱赶了初冬的微冷，席间气氛很和谐。我夹了一块洋芋放在她碗里轻轻对她说：“它熟了，而且会发芽的！”她会意地吃吃地笑，看得出，很真诚，也很幸福。

深夜，我写下了第一首情诗——《追逐春天》：

轻轻掀开初冬的洁白
追逐
春天的芬芳
桃花涅槃
点染层层湛蓝
浓缩成一次深沉的
远航
甲板挤满海的欢笑
巨轮　在心湖的港湾
抛锚
锁定一部春的档案
扑闪着鲜活的波光
拥抱每一缕微笑的歌唱
将记忆的幽香深深珍藏
任柔波亲吻双眸

绽放句句嫩绿诗行
寻寻觅觅
追逐羞赧的春光
淘气的姑娘啊
猛一回头
钻入我的心房

我们恋爱了。

初恋是激情洋溢的，很快我们便做了爱情的俘虏。阳光因我们而灿烂，清风为我们而歌唱，月亮为我们洒下一波柔情，两颗火热的心不断靠近，靠近。

我们都很浪漫、热烈，但又都很成熟。面对象牙塔里似乎天生脆弱的爱情，我们深知社会的复杂和生存的艰难，彼此有了心的承诺：不仅要有罗曼蒂克的爱情，还要有世俗平凡的生活（其实这也是爱情的一部分），要共同努力，迎接一场实实在在的爱的“圣战”。深夜，我为她修改第二天寄往报社的稿子；休息时，我们共同探讨功课上的难题。几年来，也都有了一些小小的成绩：几次获得学校奖学金，在国内大小报刊发表了很多作品，还自学报刊编辑、电脑，并利用假期到报社等单位见习。

当然，在此之余，我们也经常去散步、打球、看电影，或探讨一些有趣的话题，如女孩们的择偶标准、情感、金钱、性爱在理想婚姻中的比例等。在她严密的逻辑论证下，我时而是多情的王子，时而是现代资本家，时而又成了地道的流氓。她不设防的单纯中展现出的睿智的见解和大方的气质让我在城市女人和乡下女人之间找到了很好的契合。在我心中，她是现代都市里的翠翠。

我们都来自农村，不愿拿父母的血汗钱来潇洒。每当对方的生日，我们都会用积攒起来的稿费或奖金为对方添置一些需要的心爱的礼物。她时常对我说："贫穷的爱能通向幸福，而无爱的富贵只能在时间中消磨。"

在今天的社会，要守住一份真爱需要时时灌注宗教般的意志和初恋般的热情。尤其在大学这个人生漂泊的驿站，有的人爱而不得，有的人为爱而亡，更多的人则是在参与一个或暗约或明定的爱的游戏，甚至是赤裸裸的肉体的满足。我们相爱三年多，享受着生活的平淡和平淡的生活，厮守住了身心的防线。正如她对我所说："我始终相信，有一份真爱存在于你我之间!"一千多个日日夜夜，每当我向她投入深情的凝望，都会勾起我最初关注她时的那一瞬永恒的温情。我自愿做一个钟情的男子，千万次重复我内心的呼唤，呼唤这个属于我的女人!

我决定考研，她给了我很大的支持。她常帮我洗衣、做饭，用做家教的钱给我买资料。我复习累了，她便陪我散步，哄我高兴。在鼓励我的长信中，她用歪歪斜斜的字迹写道："你学习的时候我不打扰你，不过，以后要把现在欠我的时间加倍还我。""等我找好了工作，就可以给你经济上的援助。""我不可能是你物质上的奠基，但我可以做你精神上的天使。""我等着你，等你读完研究生，牵着我的手走向红地毯。我等着……"

我相信，我的天使!

相信我——总有一天，我会带着春天来找你!

只如初见

公元2012年8月29日晚上9时8分，湛江市中心人民医院产房，一声清脆的啼哭如一句响亮的歌唱。

我和岳母（现在升级做外婆了）在产房外的待产室兴奋而又焦急地等待着，一个多小时后小宝宝才出来跟我们正式见面。在这之间，我们电话通知了两边老家的亲人，发短信给一些熟识的朋友，告诉他们一个七斤重的女宝宝顺产成功，母女平安。宝宝被助产医生推出来的一瞬间，我的心头涌起一股莫名的悸动，大概这就是初为人父的奇妙感受吧！很快，妻子（现在升级为宝妈了）被挪到了病床上，和宝宝的小推车紧挨着。她已经很疲惫了，正闭目静养。外婆也急急忙忙回去给她的女儿弄吃的去了。我小心翼翼地俯下身仔细端详，一个小生命被抱被包裹着，只露出一颗圆圆的头，头发有些杂乱，却很温顺地贴在头上；再看脸部，五官端正，眉宇细长，眼睛微闭着，明显是个双眼皮儿，鼻翼微挺，小嘴微张，下巴略尖，一双耳朵很有特色，纯粹是得了宝妈的真传。小家伙并不像传说中的“小老头儿”那样干瘪，而是饱满得跟月娃娃一般，很是惹人喜爱。不一会儿，外婆的红糖鸡蛋来了，宝妈开始大口大口地吃起来。外婆脸上笑开了花，俯下身看她的外孙宝，一时舍不得挪眼。医生填了一些资料，又给宝宝吸了一次痰（宝宝出生时呛了一口羊水），便下班了。等我们忙完躺下休息的时候，已经是十二点多了。

要轮流换班就得保存体力，于是决定先让外婆回家休息，明天一早来换我。要想睡觉是不可能的，只能把头枕在床沿上小憩一会儿。其实想睡也睡不着，想着曾经的一切，一路走来的画面无不历历在目。听着宝宝均匀的呼吸，一时竟和她诉起衷肠来：你爸妈这对大学情侣经历了 12 年的爱情长跑，其间还有 7 年异地相守，是多么不容易啊！一年前，你爸坐了二十多个小时的火车去你妈曾经工作的江南小城花九块钱领了证，没有操办传统的婚礼，就这样，你妈这个“老女孩”嫁给了你爸这个穷光蛋。现在你爸妈 33 岁了，终于有了你这个可爱的小宝宝！你是很乖的，你妈怀你的时候一次都没吐过，更不知道妊娠反应是啥滋味，顺顺利利就到了预产期。可是你好像在妈妈的肚子里还没待够，预产期过了 5 天还不出来，为了防止胎盘老化对你不利，决定把你催出来。早上入院，中午打催生针，下午六点终于有了反应，七点多钟推进产房，九点零八分你就出生了。以后你的性格一定很爽快吧，这样最好，老爸第一眼看见你就喜欢你！说着说着，宝宝已经醒了，哇哇地哭着，我忙去给她换尿不湿、冲牛奶。如此几次，天已大亮了。

入院的时候因为病房已经没有床位了，妻子只能在待产室的床上躺着，宝宝出生后还是没有床位，又只能在待产室熬着。可这里实在太吵了，六七张床上躺着的都是要生孩子的，疼得厉害了便开始哇哇叫，家人陪伴的又多，拥挤得很，最重要的是待产室与产房只隔一扇门，产房里一晚上生了三个，热闹程度可想而知。第二天早上助产医生去向主任打听是否有空床位，说是刚刚有个房间，可是要另作他用，只得作罢。这一天是农历七月十四，本地人说是什么鬼节，都不愿在这天出院，所以床位更加紧张。主任说有单间的特需病房，就是贵点，一天要三四百，问我愿不愿去。我想老婆这么辛苦，宝宝这么娇嫩，待产室怎么住得下去呢？何况顺产的也住不了几天，于是就要了一间特需病房，在护士的带领下匆匆转到住院部去了。

多花了钱就是不一样，特需病房果然是宽敞清净、设施齐全，服务也周到很多。房间里一张大床给产妇，还有一张小床可以展开来给陪护的人休息，宝宝的婴儿车床就放到大床边上。晚上还是由我照顾母女俩，主要是小家伙比较麻烦，一晚上要泡三四次牛奶，换四五次尿不湿，折腾完，也就基本睡不了什么觉了。虽然很累，但干劲十足，每次小家伙一哭就爬起来看看尿不湿的线变蓝没有，有一点蓝都要马上换掉，每次泡了牛奶都要将热牛奶滴几滴到手臂肘关节内侧的皮肤上试温度，护士说这里的皮肤最敏感，适合试牛奶的温度。第二天中午，护士带了宝宝去游泳，大大的充气泳池，用游泳圈套在脖子上，游来游去，很是好玩。

到了第三天下午，查房的医生来了，说宝宝的黄疸值偏高，我们一下子紧张起来。晚上又抽血重新测了一下，黄疸值达到了两百多，说要转到新生儿科住院，照蓝光。把宝宝的衣服脱了查看，确实黄染比较严重。一时间，几天来的欢乐气氛顿时烟消云散。打电话咨询了几个当医生的同学，也询问了一些产后不久的新妈妈，都说新生儿就是这样的，不用太担心，实在太高就去照照蓝光也没什么。我自己在网上查了查，这个值确实高了些，于是听从医生的建议，转到新生儿科住院去了。

新生儿科和特需病房在同一栋楼，坐电梯很快就到了。接收入院的护士看上去像个小女孩，却熟练而沉稳。她仔细查看了宝宝之后，说宝宝头上有一块约 4 平方厘米的血肿，登记之后又用印泥按了宝宝的小脚掌印在病历本上，还给家属办了一张探视证，说平时不能看宝宝，一个星期只能在固定的时间凭证探视，最后拿出一张病危通知书让我签字，上面写着“病情危重”“随时都有生命危险”之类的话。宝妈一下子就哭了，我也异常紧张起来。我说刚出生的婴儿有黄疸是比较普通的情况，怎么要签这个东西呢？小女孩护士说出生 28 天以下的是新生儿，新生儿的病情变化很快，而治疗和抢救的时机又很宝贵，为了防止耽误抢救，需要先签字放在这里，万一病情恶化就先抢救。我很是想不通，也很无助，但又能怎样呢？只有先签了字，按了手印，让宝宝住进去再说。

新生儿科的管理是很严格的。住院的宝宝都处在封闭式的无陪病房里，除了医护人员，其他人一律不得入内。这就意味着刚出生三天的宝宝要离开父母的呵护，完全由护士来照顾她的一切，想想心里都难受！但没有办法，只得按照医院的吩咐，为宝宝备好沐浴液、奶粉、湿纸巾、尿不湿等，一并交给那个年轻的护士女孩。忙完这些回到病房，感觉房间里空荡荡的。

宝妈眼里还含着泪花，说话也唉声叹气的，为了防止她得产后抑郁症，我只得强忍着跟她一样的心烦意乱去安慰她。后来她情绪好起来了，开始努力吃饭喝汤，定时把奶水挤到奶瓶里，由我送到楼下新生儿科给宝宝喝。两天后宝妈出院了，宝宝还在住院，因为不是探视时间所以不能和宝宝见面。好在宝宝的床位斜对着门，我们趁给宝宝送奶的机会，从护士打开的门缝里看了一眼，宝宝正在照蓝光，眼睛被布条蒙着，小手一动一动的，看上去精神状态还不错，我们也就放心了。

新生儿大约每 2～3 小时就要吃一次奶，所以每隔两个小时就要送一次奶过去，如果没有送到就只好由护士给冲牛奶补充。还好住的地方就在医院对面，走路十分钟就到了。宝妈坚持让宝宝少喝牛奶，所以夜里也得送三四次奶。夜半时分校园里少有人迹，街上也冷清得很，每次出门都凉飕飕的，但手里攥着带有体温的宝宝的口粮，心里又感觉很温暖。到了医院新生儿科，要过一次保安关卡，还要按一次病房门铃，用对讲机报床号，“全副武装”的护士小姐开门把奶瓶接过去，关上门，一次送奶任务才算结束。门开的时候我就努力寻找宝宝的身影，也不是每一次都能从门缝里看得见宝宝，但一旦看着她睡得很安静，或是喝奶的时候在用力地吸，心里就踏实多了，回去后也会在第一时间把“前沿动态”传达给宝妈和外婆。那几个晚上，家里房间的台灯总是亮着，人总是在半睡半醒之间，醒来后两个人你看着我，我看着你，彼此都知道心里在牵挂着宝宝。手机也总是 24 小时开机，定着送奶的闹钟，醒来第一件事就是看看有没有未接电话，因为两个人的号码都在新生儿科留着，说好了有事电话联系的。我总是安慰宝妈，要她安心睡觉，别老想着手机，手机不响是好事，没有电话就证明宝宝一切都很好。何况都已经问过医生了，说宝宝没事，再照一照就可以出院了。

就这样又过了两天，宝宝在新生儿无陪病房待了四天之后，终于等到医生说可以出院了。那天我们早早地去了医院，等办完出院手续，轮到我们交接宝宝的时候已经快到中午了。宝妈把从家里带去的干净衣服和抱被给了护士小姐，又过了好一会儿宝宝才被抱出来。一时间，三双眼睛同时落到宝宝前额的一块白斑上，这无疑是为了方便找到血管打针而剃光了这一块的头发留下的。外婆坚持要抱着宝宝，我签了字、道了谢，走出交接室的门，看着宝宝一双乌黑的大眼睛溜溜转，一颗悬着的心终于落到了实处。

回到家里，宝宝的小床早已铺好。在这块小天地里，宝宝学会了翻身，之后又在大床上学会了爬行，在地板上学会了走路。如今，她会冷不丁地指着盘里的蒸鱼说“鱼儿睡觉觉了”，或在阴天说“太阳上班去了”，她会跟着妈妈哼儿歌，“小老鼠，上灯台”，唱“爸爸，我们去哪里呀”，就在昨天，她又学会了“鹅，鹅，鹅，曲项向天歌”。小家伙会在不经意间带来惊喜和欢乐，当然也少不了操心劳累，那是《半个奶爸的幸福》：

我承认我只是半个奶爸

可能还不够称职

因为还有一个世界需要去征服

但半个奶爸也足够我消受
我必须把你高高举起哄你大笑
必须忍受工作时被你赶下座椅
冷不丁你会给我一巴掌，或咬我一口
家里的东西被你翻得稀烂
什么都要依着你，否则就要大喊大叫
不得了了，一个十五个月大的小妞
就想统领整个家庭，叫我情何以堪

当然，你是很乖的
你妈怀你的时候连呕吐都没有过
更不知道妊娠反应是啥滋味
预产期过了一周你还舍不得出来
轻轻一催，八小时便来到爸妈身边
饱满如月娃，重，长，还是双眼皮

可你一直是个夜猫子
极少在十二点之前睡觉
陪你滚床陪你哭闹陪你疯陪你打哈欠
最后把臭脚放到老爸嘴里才肯入睡
半夜还要醒来，命令老爸从热被窝里爬起

试水温，看刻度，舀两勺奶粉，摇匀
再试温度。等你喝完去洗瓶子，喂水漱口
忙完这些，等你美美地睡去
老爸也该打着幸福的哈欠上班去了

你老爸曾经是个未遂诗人
就在你喝牛奶的当儿，他打开了微信
你妈嫌他手机屏幕太亮，拼命踢他
你爸愤怒了，索性大冬天躺在客厅沙发上
写完一首诗

半个奶爸，却要用整个心去爱你
当你老爸真的老了，你还记得这一切吗？

人心都是肉长的，每个孩子都是父母的心头肉，每个父母心中都珍藏着一幅子女的图画，这画面的底色便是初见的那一刻、最初的那几年。对于孩子，人生要走的路很长很长，若干年后，或许她很成功很有出息，或许平平而过成了泛泛之辈，甚至“不听话”让人伤透脑筋，但作为父母，只要我们想起那个小生命来到这个世界与你初见时的那一刻，那种纯粹的血缘相亲，那种没有理由的由衷之爱，又有什么冰雪不能消融，什么鸿沟不能逾越呢？

只如初见，何止于斯？

初恋

一

17 岁的柔是一只初熟的芒果，在枝头眺望时赢得了勇的驻足。柔在勇的既定程序里感受着梦中渴求的温暖，勇在柔的微表情中重温着旧梦的美好。一个苹果、一颗葡萄，都曾在将熟未熟之时被勇采摘，果香微弱而持久，令人怀念一生。

稍用伎俩，勇便将柔调教得百依百顺。柔对勇唯命是从，被无条件付出的伟大蒙蔽了双眼，沉浸在付出的幸福之中；勇享受着对一个人的彻底征服，用无数甜言蜜语和平淡的谎言支配着柔，勇从中得到某种平衡，甚至带着一丝报复的快感。

未来的某个时刻，柔如梦初醒，勇的命令不再是圣旨，勇的哀求被柔彻底过滤。痛彻心扉之后，柔开始考虑要不要再相信爱情，要不要找一个单纯的“男演员”重演过去的故事，她不知道，勇曾经就是一个这样的“演员”。

勇没有多少悲伤，却有一些后悔。他想，如果拿一半的真心对待柔，拿一半的经验珍惜柔，柔就可能永远属于他，永远是他喜欢的样子。或许是自己熟得太透了，熏晕了那只初熟的芒果，也熏晕了自己。

二

很多年前，勇还是一头山中小野兽的时候，遇见了媚。

媚是一位聪明的猎手，经过无数次实战操练，早已能够十发九中。

媚在狩猎时曾经受过伤，从此她只相信游戏，不相信爱情。媚将勇看作她最宠爱的猎物，将其在自己的射程内自由放养。

媚的态度和做法，勇只是看在眼里，从不往心里去。勇心甘情愿做媚的猎物。他将自己所有的真情与关爱毫无保留地给了媚，企图唤回媚的真心，并等待着媚的改变。最终媚改变了，却再也没有勇气面对勇的单纯与痴情，也无法原谅自己对勇肆无忌惮的伤害，于是带着感激和愧疚选择了离开。

重新确立了爱的信仰，媚终于找到了属于自己的那个人，她珍惜那个人，也默默珍藏着勇。夜深人静的时候，媚独享着伤痛与温暖交织的幸福，一种饱经沧桑的来之不易的幸福。

勇最终没有走出媚的阴影，他愚蠢地坚信付出就一定有回报，更想不通没有缘由的结束。勇不知道，爱情是不讲逻辑的。就在勇对媚由爱生恨的时候，独自来到芒果树下，一抬眼看见了 17 岁的柔。

三

洁和雅踩着柔软的沙滩，海风轻拂着洁的长发，雅的裙裾在风中飘飞。

海边，智驾着飞艇疾驰而过，马达轰鸣，浪花四溅，赢得洁好一阵尖叫，连安静的雅也热血沸腾。

飞艇靠岸，洁和雅同时转身。洁热情地迎过去搭讪，雅怯怯地跟在后面。三人相遇，六目相对，波光闪闪，心跳加速。

三个人都迎来了各自的初恋。

洁爱上了智，智也爱上了洁。智付出了百分之百的真心，洁用上了智商为零的傻劲，两人经过漫长的等待和无数的考验，终于在激情燃烧之后结合在一起。

雅是爱智的。雅对智的爱不仅慢了半拍，而且藏得太深。她看着他就欢喜，面对他就六神无主，听着他的消息就觉得格外温暖，但所有的一切都只是深深埋在心底。雅和洁是朋友，雅知道洁和智的很多秘密。智是否感觉到了雅的爱，一直无法证明，洁应该有所察觉，但也不能确定。

洁和智走到一起之后，雅就离开了这座城市。一切都处理得那么自然，雅走时与洁和智一一告别，离开后和两人一直保持着不远不近的联系。

洁和智走进了婚姻的殿堂，相约坚守这一生一次的爱情，有摩擦但没有伤痕，初见的美好时常闪现在没有终点的旅程中。雅的第一份感情虽然以单恋和对友情的考验而结束，但并没有受伤。走出过去看曾经，温馨的回忆也是幸福的。

前任

执子之手，与子偕老，这是很多中国人心目中最浪漫的事，但这大团圆式的浪漫又有多少人能做到呢?

天下大爱，分久必合，合久必分，分分合合之间，自然衍生出不少故事，剧中人撕心裂肺，观看者大呼过瘾，导演者暗自窃喜。也正是这合合分分，使得艺术多了不少素材，生活起了阵阵波澜，前任一职也便在善良的人不愿看到的时候产生了。

前任——有人听着觉得很亲切。那是一种曾经的温暖，那是一个曾经爱过的人，因为某种无法逾越的鸿沟，或是实在难以清除的阻碍，甚至真的仅仅是因为不懂得珍惜，在不该错过的时候留有遗憾地错过了，或者在该结束的时候保有尊严地结束了。如果现任比前任强，前任就成了参照和祝福，聪明的人会将其变成心底永远的秘密；如果现任不如前任，前任就成了叹息之后的牵挂，甚至会在现有的爱情肌体上划开一道裂缝，大大降低情感的免疫力；如果还没有现任，前任就是你的一个影子，默默占领着生活的一角，只有走出去，真正站立在阳光下，才能完全消除阴影。

前任——有人听着觉得不寒而栗。或许刚刚经历了一场轰轰烈烈的爱情，结果是惨不忍睹的分手，还没有走出早已习惯了的令人眩晕的幸福，你会说，什么山盟海誓、海枯石烂，童话里的故事都是骗人的。又或许刚刚从一场地狱般的畸形恋爱中逃离出来，对那段不堪回首的纠缠和痛苦唯恐避之不及，原来自己如此这般的痴情付出只是被人利用，真是瞎了眼了。对前任的感觉如此强烈，一切都只是因为自己还没有真正与过去告别。不管是心有余悸，还是心存不甘，都是没有跨过那道坎，如果把一切看得没有那么重要，所有的甜蜜或者痛苦就不会那么牵动人心了。

前任——有人听着已经没有感觉。如果一个人还能跟你红着脸争吵，那说明对方心里还在乎你，如果连吵都不吵了，你在他那里也就没有任何分量了。无论当初被伤害得有多深，被宠爱得有多幸福，或是本来就平平淡淡，现在都已经不再重要了，剩下的就是彻底挥手过去，彼此之间早已爱不起来，也恨不起来，渐行渐远，最后成为最熟悉的陌生人。其实前任就是前任，绝没有任何藕断丝连的想象，更没有恢复成现任的可能，那是一段被锁死的记忆，存储在冗余的空间里，虽不可能完全格式化，密码却永远消失，内容也已失去意义。这才是真正的前任，最彻底，也最安全。

既然有前任男女朋友，也就有前夫前妻。旧时男性三妻四妾不说，还有休妻的特权；女性大多“嫁鸡随鸡，嫁狗随狗”，因为要背负生活、道德、人言的多重压力和风险，所以不到万不得已是不会改嫁的。时至今日可就大不相同了，男女平等了，女人离婚，早已不再关乎什么忠贞、廉耻、道德之类，男人就更不用说了，所以结婚可以闪，离婚如吃饭，结了离，离了结，再结再离，一点儿也不稀奇。有人把婚姻当作一种优化人生的选择，或干脆就是一种投资，没有最好，只有更好，如此，前任就成了垫脚石，男人找的老婆越来越年轻漂亮，或者越来越有背景，女人找的老公一任比一任有钱，一任比一任成功。当然，更多的人选择离婚是出于无奈，或是家庭矛盾不可调和，或是感情破裂不可挽回，或性格不合，或无法沟通，或两地分居，或遭到家暴，如此种种，不一而足。

当爱情变成婚姻，前任的意义也就大为不同了。恋爱看错了人最多浪费几年青春，结婚看错了人可能就要浪费一辈子，虽然适时离婚在理论上可以最大限度减少这种浪费，但婚姻毕竟不同于恋爱，离婚相对于分手，有更多难以割舍的东西：对婚姻曾经的憧憬、同床共枕的人生体验、社会仪式的庄重感、法律认可的严肃性、共同经营的安乐窝，当然也包括那些刻骨铭心的伤害、不堪回首的往事……最难以割舍的是孩子！很多时候，前夫或前妻混账无赖、十恶不赦，孩子却聪明伶俐、懂事可爱，该如何取舍呢？即使夫妻关系解除了，孩子的父亲母亲这一身份却是永远无法改变的，这个血肉相亲的鲜活存在必将伴随你的一生，可能是一种温暖的回忆，也可能是一笔无辜的孽债。

爱情也好，婚姻也罢，前任如果十恶不赦，离开是一种解脱，噩梦醒后清泪湿枕，但绝不能往回看；前任不好不坏，散了也就散了，只当搭错车，随时下车换乘就好了；前任有诸多美好，只因一时冲动而分开，阴差阳错地错过了，也不可能复合，那就当是一种美好的错过，留个微笑的背影权当回忆即可。在对待前任的态度上，男人和女人会有所差异，性格不一样也会有不同，但既然是前任，就代表无论如何已成过去。所以，绝对不要因为前任而影响现在的生活和将来的幸福，唯其如此，才是豁达而智慧的人生。

爱情的人数

爱情是一项智力游戏，人数不等有不同的玩法。

一个人的爱情

一个人的爱，最暖，最真，最痛。当爱属于一个人，或许你很孤单，但是不会寂寞。

偷偷喜欢一个人，可以不动声色。闭上眼，伸手握一缕风，其他的交由想象来创造。那是何其美妙的感觉，自由如天边散步的云朵，纯洁如雨后出水的芙蓉，浓郁如满园栀子花香，真切如掌心里的温度。你的爱带着崇拜，所以她的粗俗会变成高雅，她的残缺被补充得完美。那是你的天使，你的白马王子。是甘露琼浆，口渴却不忍心张口；是娇羞的花蕾，想摘却不忍心伸手。那个在梦中相遇千百次的影子，总是在最尴尬的时候如约般姗姗而至。没有微笑与交谈，只有远远的拥抱，近近的伪装。

暗恋的人是幸福的，未经允许便占有和篡改着对方的一切，即便是一个影子。

单恋是发生在单向时空轨道的不可逆的生化反应，是一项高成本、低回报的投资活动。从理想走向现实，对投资者来说，是一种自愿的残酷。被动是双方的，一方是应酬，是尊重，是躲避，是解脱。一方是执着的疯狂，是无奈的冷却。疯狂是一种姿态，冷却是爱的冬眠。当那些美丽与忧伤尘埃落定，战场上只剩下孤零零的自我，咀嚼着回忆作为一冬的粮饷，在对往事的尘封中获得转身的距离和力量。然而，心灵的记忆终究无法格式化，当有一天，爱人结婚了，洞房里的新人不是我，你乔装的笑容里又何尝没有莫名的悲伤?

失恋是爱的失业，是消极怠工者乐于接受的惩罚。真正的失恋者，并不比下岗工人轻松。彼此向相反的方向行走，终生也不会相遇。说好了将记忆复制各自珍藏，而原件却早已丢失，脑袋也不听使唤，想忘的忘不掉，想记的记不起。对于曾经的真爱，失恋就失去了灵与肉的依恋，是与自我的一次分离。

或许，真爱之花只开一次，而生命的花期漫长。失恋，只是下一个过程开始之前的结束。你终究不会为了一棵树而失去另一棵树甚至整个森林。是的，错过了太阳热烈的追求，不是还有星星多情的闪烁吗?

三个人的爱情

表现一男两女或是两男一女的三角关系，是“鸳鸯蝴蝶派”的家常便饭，更是情感影视剧的拿手好戏。

三个人的爱最稳定，也最热烈，最具破坏性。各人与各人之间既排斥又吸引，三只刺猬在斗争中生存着。得到所爱和得到本身，使得彼此明争暗斗，醋味熏天，敌人变成朋友，朋友成为工具，爱情与友谊，忠诚与背叛，在一个狭小的舞台粉墨登场。

三个人的爱需要主动，需要进取，只能追求不可等待，等待不是矜持，不是传统，而是放弃选择甚至自投罗网。选择是错误，放弃是遗憾。

三个人的爱永远是一个比较级。没有可以让你觉得万事大吉、高枕无忧的时候。记得你的座右铭：没有最爱只有更爱。拥有是一种假象。

三个人的爱往往善始不善终。不嫁不娶的执着、海枯石烂的诺言，最终总被雨打风吹去。那场刀光剑影的情感厮杀，肝肠寸断的伟大爱情，到头来多半是飞鸟各投林，或者浓雾散去拨云见日后方才发现，唯一的收获就是参加了一场免费的男女恋爱培训。

三个人的爱，永远在路上。

两个人的爱情

爱是两颗心的吸引。但两个人的爱，并不都是两相情愿。

有的爱是找来的，有的爱是等来的，还有的爱，是培养和创造出来的。从不反感到有点感觉到有点喜欢再到深深地喜欢，爱便被造出来了。有些时候，强劲的攻势加上半推半就的羞涩，两个人便走到了一起。不能说他们没有爱，他们是在享受爱，享受被爱的征服欲，或者从对方的满足中享受付出的乐趣。或许彼此都在等待，在那条通往花园的林荫小道上，潜伏着一粒真爱的情种，在某个不经意的清晨会被春雷催开。

四目一对便产生两情相悦的“触电”感觉，这就是爱情神话里的一见钟情了。在现实的舞台上演童话里的故事，是赌注，更是幸运。需知在茫茫人海中，一个人爱上另一个人的概率只是千分之一；两个人同时爱上对方的概率，只有百万分之一。这天地之间的圣物，又偏偏钟情于那些真正的痴男傻女，赐予他们极其恬适平淡的生活。这种爱，没有定义，没有宣言，需要大智若愚的勇气才有福消受。飘飞的裙裾诉说初识的温柔，爽滑的体温让你在沸腾中安静，还有厨房里的交响、菜场里的争吵、远行时的依恋、归来时的热吻，都是爱的表达式。瞬间的永恒与永恒的瞬间完美地交结在一起。生活本身才有资格去诠释，什么才是真正的爱情。

成功的二人之爱，可能是俗的，但一定是纯的。

多个人的爱情

同时在四个及以上的人之中产生了爱的情愫，如果不是荷尔蒙分泌过剩，就可以算作是人类的博爱了。

没有人的爱情

没有人的爱情是荒野里的坟墓，没有爱情的人是坟墓里的孤魂。

永远的微笑

十二年前的那个暑假快结束的时候，我怀揣着录取通知书去外省上学。母亲和父亲都说要送我一程，母亲送到州城，然后到大哥那里转一转，父亲只送到镇上，顺便去他妹妹家走一走。又忙了大半年，是该歇息歇息了。

吃过午饭，一行三人出发了。父亲习惯性地走在前面，就像小时候下雨天出门，他总是在前面用棍子打落路旁草叶上的露水。母亲不紧不慢地跟着，我懒懒地落在后面，离他们有一小段距离。该说的话在家里都说完了，一路上很是安静，只有小鸟的喳喳声和不规则的脚步声。这在我看来是自然的，每当我单独面对他们的时候，交流并不是很多，父亲的话总是很少，母亲的话总是很多，我面对父亲多半跟他一样沉默，面对母亲习惯用沉默回应她的唠叨，而他们之间说话得不到回应的时候也就只剩下沉默了。我在母亲四十岁时才出生，童年生活中家里总有这样那样的矛盾，经常会发生争吵，时不时还会爆发家庭大战，后来条件好了，父母年纪也大了，家人之间似乎早已形成了固定的沟通模式。在我的印象中，母亲一贯是强势的，父亲在长期的忍让中压抑和埋藏了一股情绪，他下意识地反抗母亲最常用的方式就是沉默。有时母亲兴高采烈地讲一件事，父亲却像没听见一样面无表情，好不容易父亲面露笑容兴奋一回，母亲又会骂他像个“邪子”。他们之间的频率似乎永远调不到一块儿，自然少有让我感觉温暖和谐的时候。

爬过一截山坡，前面的一段路变得平坦宽阔了许多，一路的安静忽然间被一阵笑声打破。不知什么时候，他们已经在我前面不远处停了下来，正坐在一块大石头上歇脚。父亲笑嘻嘻地对母亲说：“哈格砸，这辈子我们养的一班娃儿个个都有出息……”声音很小，但还是被我听到了。等我走近的时候，父亲已经微笑着默默地走开了，但母亲并不觉得有什么不合适，还迫不及待地把父亲的话用父亲的腔调学了一遍，然后笑着把父亲“骂”了一顿。父亲微笑着回头看了我们一眼，母亲脸上也笑开了花。我顿时感到这个洒满阳光的午后特别温馨，他们的微笑也无比的温暖。记忆中，父亲和母亲之间极少有这种彼此会心的微笑，也极少对一件事情有如此一致的深度认同。两个大字不识的泥巴腿子，却供出了一屋的大学生，现在我又要去读研究生，他们能不感到骄傲吗？四年之后我考取了博士，电话里，坐在轮椅上的母亲只是连说好好好，父亲的声音已没有了以往的中气，思维也慢了许多，虽然没能看见当初那种简单而幸福的微笑，但料想他们一定也是异常高兴的。他们可能根本不知道硕士、博士到底是干什么的，也不知道在这个金钱和权力横行的时代知识与学术是多么的边缘，更不知道他们为之骄傲的人要想扎根城市谈何容易！天下有无数这样的父母，自己倾其一生，最大的希望就是后人们能够跳出农门，走出大山，不用再重复那种日出而作日落而息、面朝黄土背朝天的生活，而好好读书是实现这一希望的近乎唯一的方式。在他们心中，体面的离开是一种无上的光荣，他们不需要孩子们每天守在自己身边！

父母是这样的无私，而我们呢？又何止是自私？古人说，“父母在，不远游”，以前还一度把这句话当作以孝心阻碍个人奋斗的“封建余孽”，现在才体会到蕴含其中的人伦至理。这些年，我一直天南海北到处闯，最后的工作也选择了外省，千里迢迢，回去一趟实在很不容易。虽然我们弟兄多，他们的工作地都离家不是太远，照顾老家也比较方便，但有些事情终究是无法彻底替代的。就父母而言，我一直因为读书时间太长而感到深深的自责，在经济和陪伴方面，我可能已经欠下一笔永远无法偿还的债务了。好在父母是不会计较这些的。

父亲和母亲离开这个世界已经接近两年了，那个温馨的午后的那个温暖的微笑仍常常浮现在我眼前，那幅画面是我关于他们的回忆中最温暖的场景，也是伴随我前行最持久的精神动力。

那是一个——永远的微笑！

撒尔嗬的唱词没有悲伤

一

公元2013年2月23日，农历正月十四下午，学校南方诗歌研究中心办公室，我正在读一本诗集，一只小蚂蚁在我翻开的那一页悠闲地爬着。迟疑了几秒，我对着这只蚂蚁猛地吹了一口气，它便不知去向了。我想起几年前曾经住在酒店的高层，也有过一次同样的经历，顿时感到生命是如此脆弱，死亡是如此临近，而且不可预料，于是在电脑上快速写下一首诗，题为“一只蚂蚁摔下书桌”。

刚写完不久，五点多钟，接到大哥的电话，说父亲去世了，在家里的二哥刚告诉他的，他们已经在安排后事，叫我马上回去。

我立刻在网上查询，当天从湛江出发飞往武汉的航班已经赶不上了，只有明天清早从广州出发到武汉转机，两趟飞机中间的时间刚好是衔接的，于是网购了两张机票，又电话订了晚上到广州的校际车。回到宿舍，妻子正在给女儿喂奶。老家的正月仍是天寒地冻，五个月大的婴儿显然还经不起这番折腾，于是，我草草处理完手头的事，于晚上十一点多出发，独自踏上了千里之外的奔丧之路。

二

湛江是不太冷的，但我还是穿了高领毛衣和羽绒服。一上车就找了个清净的位置独自瘫坐下来，和四周的喧闹划清了界限。

下午的电话还在耳边回响：父亲是突然去世的。当时二哥正在院坝里锯柴，二嫂在厨房里忙，母亲在火塘里烤火。父亲吃了两个橘子，又拿出一个饼子，自己吃了一半，给二哥分了一半送到院坝里去，说这是他从恩施带回来的，很好吃，是最后一个了。不一会儿，小侄女说这么冷的天，爷爷怎么睡在地下呢？二嫂出来一看，父亲果然直挺挺地躺在堂屋外面的水泥地板上，赶忙叫二哥来一看，身体还是热的，但已经断气了。整个过程前后仅仅几分钟，刚刚给二哥送饼子的时候还和路过的熟人说了话，别人还没走到五百米，他就去了另一个世界。

噩耗来得太突然了！

就在两个多月前我还回去看过他。当时他因为总是吐唾沫在恩施住院，检查结果是腹部积水，要动手术。医生给他做了全面的检查，身体状况还不错，手术也是成功的。要知道现在的医院很怕医疗纠纷，一个 78 岁的老人，如果身体的各项指数不达标，医生是断然不会冒险让他上手术台的。

那次我回家看完母亲就到恩施的医院看望父亲，他住的是双人病房，我和大哥进去的时候他刚打完吊针，正在吃馄饨，三哥陪着他。他虽然看起来确实老了，但精神状态还是可以的，说话也很清晰响亮。他见我来了很高兴，招呼我坐在他身边，还从柜子里拿一些水果让我吃。我那次请假回去主要是看母亲的，她那一次突然在轮椅上脑袋一垂，身子就沉甸甸的了，家里的人以为她要走了，就给她最牵挂的幺儿子我打了电话，我也是转了几趟飞机火速赶回去，结果她精神好转，只是血管打不进去针。我从县医院带了医生同学去给她打了留置针，所以在家里多待了几天。在我看来，父亲的病情和治疗一切都是顺利的，加之我的假期也有限，第二天就要赶火车回去上班，医院又不准多人陪护，所以就没有陪他过夜。没想到这一次竟是我和父亲的最后一次见面！

父亲在恩施住了近二十天院，又在大哥那里休养了一段时间才回去。本来是想他在恩施多玩一玩的，可能是担心母亲，他急着要回去。结果回去只有两个多月就走了。

以前，父亲的头发很长了都不愿理，非得催他很多次才勉强理一理，但就在走之前三天，他却主动拿着推剪要二哥帮他把头发剪一剪；就在走的前一天，他突然拿出几件我们平时给他买的新衣服给二哥，说这几件衣服给你穿，我穿不了那么多了。当时没有感觉不正常，后来想想，父亲说的不正是所谓的“断头话”么？他对自己的离去好像有预感似的。事实上，父亲是一个脾气很好、忍耐力很强的人，也是一个乐知天命的乐观派，绝对不会有什么其他的想法，他的短时间突然离去，应是突发脑溢血所致。

三

父亲是一个普普通通的农民，没有多少轰轰烈烈的英雄事迹供后人书写，但他那交织着深重苦难与简单幸福的一生却在我脑海里一一浮现，使我永远无法忘怀。

父亲出生于1935年，一共走过了78年的人生历程。父亲天生是个老好人，与世无争，忠厚老实，为人和善，与政治权力无缘，所以在“文化大革命”和历来的争斗中总能超然事外，幸免于难。可以说，父亲也是一个经历过民生凋敝的旧社会、见证了风云激变的新时代的人，但卑微的身份和善良的品性使得他与时代大潮相距甚远，人生留给他的更多的是个人的苦难和家庭的艰辛。

据说，父亲的父母去世得比较早，他在他原来的家里是受兄弟欺负的，兄弟们为了防备父亲分得仅有的家产，很早就决定要他出去做别人的“上门女婿”。那一年，父亲只身从查辽河的家里来到白沙，以倒插门的方式“嫁”给了母亲。一床十二斤重的破棉被是他唯一的“嫁妆”。母亲家也不是大户人家，我的奶奶（母亲的母亲，实际上是外婆，因为父亲是倒插门，所以叫奶奶）远嫁之后因为没能生儿子，被爷爷休了之后带着三岁的女儿（就是我的母亲）回娘家住，唯一的家当就是一口大木箱，而且箱子里是绝对没有什么值钱的宝贝的。两个人就这样组成了家庭，也不知有没有爱。在我的印象中，母亲是强势的，父亲总是听母亲的指挥，长此以往，也就没有了自己的决断力和自主性。不过旧式的家庭看重的不是平等，而是和谐。子女一个一个出生，八个子女夭折了三个，剩下兄弟姐妹五人。闹饥荒的年头没少挨饿，“观音土”是吃过的，桑树叶还一度成了珍贵的美食。父亲曾亲口讲过1959年饿死人的事，说走着走着，路边就是饿死的人，跨过去，走一段路又是死人。那么，父亲和母亲又是怎么活下来的呢？

包产到户之后，家里分得十二亩地、十多亩山。一大家人要张口吃饭，子女还要读书，劳动力又少，借钱借米自然是家常便饭。幸好我们那里物产还算丰富，很多东西都可以变成钱，只是需要加倍的勤劳才能换来。父亲总是不折不扣地贯彻着母亲的指令：摘茶、砍树、刮棕、割漆、挖魔芋……不光是自己家里，和别人赚工的时候那些肩挑背磨的重活苦活也是父亲包揽了的。父亲根本不知道什么是偷懒，甚至在别人都休息的时候他也在偷偷干活，有时母亲和我们怕他受别人欺负，叫他不要那么傻，大家都休息就跟着休息，他好像没听见一样，甚至有时还白我们一眼。每当这时，母亲就说父亲是个“苕脑壳”，一辈子就是个背脚的命。父亲曾经给我们讲他年轻时当“背脚子”的故事，穿着偏耳草鞋背着一百多斤的重物走一百里路，到头来还经常挨饿。父亲讲得津津有味，母亲气得咬牙切齿。

可以说，四十五岁之前，父亲就是一个不折不扣的下苦力的老实人。

四

父亲不仅忠厚老实，而且沉默寡言。这样的人是很讨人喜欢的，不仅肯干活，而且不多事。八十年代初，村里的学校很是红火，从小学到高中是齐全的，学生好几百，老师也有二三十，因而需要一个后勤人员。母亲要父亲去干这个差事的时候，校长很快就答应了，这大概也是看中了父亲的为人。别看只是一个“火头军”，要负责那么多人的吃饭问题，绝不是一件小事。父亲在家里大概是听母亲的指令行事习惯了，不擅长安排和谋略，加上是烧柴火做饭，不太容易掌握火候，所以有时会出一些小差错。当他受到校长批评的时候感觉很恼火，有几次干脆一气之下不干了，回家去了，留下一大班人饿着肚子干着急。这时就只能母亲出马了，当务之急是先替父亲把那顿饭做了，再慢慢和双方沟通，最后连骂带哄让父亲回到岗位上去。学校领导都知道父亲是个老好人，只是有时性子倔了一点，所以也就相安无事了。不过很快高中就没有了，初中也搬去了另外的地方，父亲的担子一下子轻松了许多，也就再也没有生气走人的事情发生了。

我上学的时候，学校里已经早就只有小学了，学生少了，老师也只有五六个了，父亲也变得比以前悠闲了，有时放学了还带我去山上寻香菌。当然，事情还是不少，有时要去砍一天柴，有时晚上停水了要打着手电去水源池子里整水。而且父亲名义上是厨师，其实也要干点其他的小事，比如在厨房外的一小块地里种点辣椒、白菜，有几年还顺带着喂一头猪改善伙食。周六周日还得回家里帮帮忙，农忙的时候即使没放假，做完了学校的事也得回去搭把手再赶回来。好在学校离家里也就一公里路，父亲已经烂熟于心，即便是漆黑的夜晚，一支火把或是一根手电也就足够了。

父亲在学校是很受学生欢迎的。他做的饭非常卫生，分量也足，每次帮管后勤的老师收学生的粮食时绝不会缺斤少两。我刚上学的第一年在学校住宿，跟着他一起睡，冬天晚上，他会用葡萄糖瓶子装两瓶开水，一人脚头放一瓶来暖被子，每次上床脚头都是暖烘烘的，很快就睡着了。白天，他会从灶膛里夹一些烧过的火石放到我的火盘里让我烤火，有时在中途下课之后，他还会送一铲子木炭到教室给我，如果看见谁的火要熄了，就会分一些给同学们。

我在村学校读完小学四年级以后，按规定转到了乡中心小学。父亲所在的这所学校学生越来越少，老师一年调走一个，最后只开办一二年级，其他年级都砍掉了。学校的牌子改成了教学点，两个年级十来个学生，一个老师教所有课程，一个教室混合上课。学生也都是附近的，吃饭都在家里，自然也就不需要厨师了。那时父亲离六十岁只差三年了，在学校工作不觉已有十二年之久，其间换了三个校长。父亲当时进学校是以民办教师的指标进去的，在镇教育站都有登记造册，母亲打听到民办教师退休后是有退休工资的，于是想着怎么把这最后的三年熬完。那时老大已经从省城的大学毕业，分到了州直单位，老三在县城读高中，我正上初中，一家人读书的刻苦和父母供书的艰难早已传遍一方。母亲去乡中心学校跑了三四次，终于打动了校长，最后保留了父亲的民办教师指标，厨师是不需要了，改为承包学校所属的一片茶园，几经周折，终于到六十岁光荣“退休”了。

五

就这样，每年采茶的时候找一些人去把茶采了卖了，交上合同约定的钱数给学校就算完事了。工资自然是没有了，但人也算是彻底解放了。父亲回到家里还是要帮忙干农活，农民嘛，到死也没有真正退休的时候。只是这时，经济上老大可以帮衬一些，老二学了一门手艺可以挣钱了，家里的条件也好了一些，不需要再像以前一样拼死拼活了。实际上也拼不动了，自从到学校去之后，父亲就基本不再像以前那样干很重的体力活，身体退化了，人也老了，家里的重活交给了老二，外面的人也都知道情况，都不再要父亲去下蛮力了。但父亲总是闲不住，似乎还要证明自己的价值。我在县城读高中时有一次寒假回家，母亲突然对我说：“你爹这次差点见阎王爷了。”我急忙问是怎么回事，父亲一句话不说。在母亲的讲述下我才得知，原来我们对面那个县在修公路，需要人干活，父亲在几个同村人的邀约下也背着被子、扛着锄头去修公路。由于离家远，只能住在路边搭建的敞篷里，正是秋天，风大水寒，住了两个晚上就受了风寒，同去的人看他实在坚持不住了，第三天才派个人连夜把他送回来。父亲回家后三四天才缓过气来。我望了父亲一眼，他的头发已经白了一大半，本就并不强壮的身体在昏暗的灯光下显得更加单薄，顿时心里有一种说不出的滋味。我知道修我们乡镇那条公路的时候，父亲曾经甩开膀子干过一个多月，也挣了一点钱，但那时还年轻，风餐露宿都算不了什么，现在已是风烛残年，怎么能跟那时候比呢？其实当时老三都已经在县城的机关实习了，就剩下我一个人读高中，是大可不必靠背井离乡修公路来供我读书的，况且一个年过六旬的老人，就是剩下的时间都用来修公路也供不了一个大学生的。但他就是跟年轻时候一样，总觉得只有多干点活心里才踏实。

从那以后，父亲就真正没有干过多少苦活重活，尤其是老二结婚之后，他就算正式退居三线了。不过多一个人就多一分力量，里里外外的事多一双手总是不一样的，家有一老如有一宝嘛。所以后来姐夫出去打工的时候他又去姐姐家里待了一年多，热下饭、喂下猪什么的，也算是个好帮手。

六

1999 年，我考到州城读大学，就在这前后，父亲也来到了这座城市。

父亲似乎比较中意城市生活，所以当大哥接他来玩的时候他是乐意的，也比较适应。这一点和母亲很不一样，母亲是一个急性子的人，她在城里是待不住的。有一次大哥把她接来玩，到第三天她就待不住了，非得要大哥给她买车票回去。大哥今天说卖票的人下班了明天去，明天说票卖完了后天再去买，到了第三天母亲知道大哥在故意拖延，于是发火了。大哥说你供我们读书吃了数不尽的苦头，就在这里多玩一玩、享享福多好，急着回去干什么呢？母亲说她这辈子就是个苦命，每天待着什么都不干心里慌得很。最后大哥想了一个办法，给她买了一双手套，让她在单位院子里的草坪上拔杂草混时间，可这杂草也拔不了几天，拔完草又勉强休息了两天，还是要回去，只得把她送回家去了。

父亲在大哥那里过得习惯。那时侄子已经在读幼儿园了，学校离单位有十分钟车程。父亲早上跟着院子里的班车随他上学，交给老师后跟着班车回来，下午再跟着班车去老师手里把他接回来。有时周末我会带着他们爷孙俩去我的校园转一转，父亲小孩似的和他的孙子在草坪上打滚，去人工湖捞鱼，在学校的一些标志性建筑前合影留念。每当这时，我看着父亲满脸笑容地享受着天伦之乐，不知心里有多高兴。父亲是“上门”的，五个孩子只有老大跟着他姓，其余都跟着母亲姓，老大的孩子跟父亲是一个姓，性格上似乎也有父亲身上善良斯文的特点，所以爷孙俩一直很亲。转眼间，侄子已经读高三了，当他得知爷爷去世的消息后，在校园里号啕大哭了好一阵，感情之深可想而知。

其实父亲也是闲不住的，不过他能找到一些事情做。自从父亲到大哥家之后，每次喝完水的矿泉水瓶、买东西的纸箱子之类的都被父亲收集起来，隔一段时间把收破烂的请到家里卖一次，钱不多，但他很满意这个事情本身带来的成就感。后来父亲发现单位所在的山坡上有一口小水井，水很清，而且凉快，很是激动，于是每天提着水壶去打两次水煮开了喝，不停地称赞说比桶装的水好喝多了。父亲终于在城市里找到了熟悉的乡间生活方式，既能锻炼身体，又能找到心灵的寄托，所以即便上坡去打井水有几步路很陡，也没有人阻止他，因为那是他能得到的快乐的、自由的生活。

父亲年轻的时候是抽烟的，纸烟和草烟都抽，但不上瘾。不常抽烟的父亲还“醉”过一次。那次父亲卷了一段自己晾的草烟，抽了之后头晕得很，呕吐不止，把胆汁都吐出来了。从此以后就再也没抽过烟。

相对而言，喝酒是父亲最乐意也是最持久的一个爱好。父亲年轻时就很喜欢喝酒，喝了之后也没什么事，但后来不知为什么，喝了几杯之后就有些失态，按照母亲的话说就是“手舞足蹈，话多啰唆，两眼发红，舌头打转”。据说这种情况是被人暗中在酒杯里放了“醉心花”所致，不知真假。后来我们观察，父亲多喝了几口酒后确实眼睛发红，说话不太灵活。母亲虽然不愿看到父亲喝了酒出丑，但也没有完全禁止父亲喝酒，只是管得严了一些，不管是在家里还是外面，谁要是劝父亲喝第二杯酒，母亲就要开骂了。即便如此，母亲隔一段时间都会去打几斤酒，没钱的时候就背十几斤苞谷去村里的酒厂换几斤酒回来，一来招待客人，二来也让父亲喝。其实父亲喝酒并不成瘾，他喜欢把酒瓶放在床头，睡觉前或是干活累了就抱着瓶子喝两口，不用酒杯，也不多喝。我们都知道父亲的这个爱好，每次回去都给他带一壶酒。父亲年轻时肩挑背磨干重活太多，年纪大了时常腰疼，老三工作后专门请县城的老中医泡了一大瓶药酒给父亲，喝了之后对他年轻时用力过度落下的劳病很有效果。老大后来也给他泡了一瓶药酒，还拿出一个名贵的高丽参放进去，父亲自然是喜欢。不过自从父亲满七十岁，特别是母亲摔伤之后，就不怎么喝酒了。年纪一大，喝了酒确实容易东倒西歪的。2011 年我从韩国回来给父亲带了一瓶酒，瓶子里还泡着一个人参，父亲对人参很感兴趣，拿着酒瓶翻来覆去地看，笑嘻嘻地说人参像个萝卜，但对那瓶酒好像没有当年的那股兴奋劲儿了。

现在回想起来，父亲在恩施的那几年应该是他一生中最快乐的日子，没有了母亲的唠叨和家庭的争吵，没有了琐碎的劳作，尽情享受着天伦之乐，生活质量也提升了。确实，几年下来，父亲脸上长肉了，穿着周正多了，见多识广了，按村里人开玩笑的话说，“越来越像个干部了”。

七

但是好景不长。2004 年老二在家里修平房，一帮人正在忙碌着，母亲也去凑热闹，在吊脚楼拆了围栏的走道里走着走着，一脚踏空从五米多高的楼上摔下，脊椎骨折。救护车从镇上火速赶来将母亲运往州城医院进行手术，住了一个多月院，下半身才逐渐恢复知觉。母亲当时已经 66 岁了，对于这么大年纪又摔得如此严重的老人来说，恢复无疑是一个漫长而艰辛的过程。医生说了，如果有非常坚强的意志，还是能恢复到拄拐杖走路的程度，但因为母亲年纪大了，又怕疼，还不太配合治疗和康复，所以最后终究没能恢复到单独走路的程度，而是只能坐在轮椅上做一些局部运动。

母亲出院后先是在姐姐那里疗养了一段时间，后来便回到了家里，主要由老二一家照顾着。二老的生活所需和用钱的花费自然由我们在外工作的承担着，但其实最重要的还是生活中的日常照料。母亲虽然不能下地走路，但头脑清醒，声音洪亮，精神状态也好，行事方式跟以前一样，甚至有过之而无不及。母亲坚持和决定的事情就一定要按照她的来做，这是她的一贯风格，摔伤后依然如此。有很多事情，母亲觉得门长树大的儿子不方便做，所以一定要父亲做，父亲自然就会比平时操劳。在母亲的心目中，大概什么事情父亲都要听她的，不能有半点商量的余地，她甚至会要父亲把她不愿吃的药扔到竹林里，甚至有一次父亲白了她一眼，她就把父亲叫到她身边，拿起一只鞋子打了父亲一鞋底板。说实话，我曾经无数次怀疑他们的婚姻到底有没有感情，但想想那个时代的人好像都是那样，也就释然了。父亲去世后母亲自己也承认，年轻的时候她总是喜欢欺负他，倒是母亲摔伤之后父亲照顾她，才有了相依为命的感觉。

八

父亲是正月十四下午四点多去世的，我辗转回到家已经是十五日下午四点多了。兄弟几个除了我在外省，其他的都在本地，后事料理得井井有条，当天晚上的大夜基本都安排好了。我走进灵堂，一下子映入眼帘的是父亲的那幅遗照：没有刻意的笑容，表情很自然，眼神中透着一贯的和善。我跪下身磕了三个头，烧了一把纸，起身点了三炷香，头脑中竟然一片空白。这时家里的客人已经很多了，我去火塘里见了母亲，听着她重复父亲匆匆离世的前前后后，说着说着母亲开始抹眼泪，我的心里泛起阵阵酸楚。

我知道现在最要紧的是料理后事，于是戴了孝帮忙做事去了。前来吊唁的人很多，有的来了一会儿就走了，饭都没吃。车也很多，本就不宽的乡村公路来来去去都是车，有些车因为底盘太低到不了家里，还得用皮卡从大公路转接。花圈、挽联重叠着，密密麻麻摆了一面墙，烟花、爆竹隔一会儿放一阵，基本没断过。家乡地处鄂西南，是少数民族聚居地，按照老家的风俗，人特别是上了年纪的老人的离世是一件喜事，就是通常所说的红白喜事中的“白喜”，要闹大夜，用打丧鼓、跳丧舞的方式来陪亡者度过这最后一晚。为此，家里专门请了一个活跃于乡间的民间艺术团唱撒尔嗬。正式开始之前，大哥代表我们讲了几句话，想对父亲的一生作个总结，拿着话筒说了几句就哽咽了，只得简单概括草草收场。节目以跳丧舞为主，边跳边唱撒尔嗬。舞和歌我都是熟悉的，自打记事起就跟着跳、跟着唱，曾无数次出现在大山深处的土苗山寨，但一直到这个夜晚，我才第一次读懂它的真正含义。舞步矫健，舞姿张扬，那是逝者对生命最后的反抗；歌声悲怆，唱词直白，那是土家山民直面死亡的豁达；鼓声隆隆，鞭炮阵阵，舞者开路，歌者招魂，啜泣的亲人在做无奈的告别，拥挤的观众在做最后的送行。乡亲们不知疲倦地参与和主持着，希望用这一独特的方式热闹而体面地送走亡灵，专门的戏班子凌晨三点表演结束后，他们又组织了一班人又唱又跳直到天亮。

出殡的时候，唢呐声声，鞭炮齐鸣，人声嘈杂，揪心得很。按照农村的风俗做完仪式，一声“起”，八个人抬着棺木跨门而出。下葬地就在 300 米外的一块平地里，礼炮已经沿路摆好，撒纸钱的人已经出发，我手里捧着饭碗和灵牌位走在前面，后面是抬棺材的，孝子孝孙和晚辈亲人拿着花圈排队跟着，最后是零零散散的乡亲们。

棺材在事先平整好的地方停下，孝子们牵着一床寿毯遮着光，棺盖打开，整理最后的遗容后准备封棺。父亲的眼睛还睁着，按农村的说法，人死后不闭眼是有什么牵挂没放下。父亲放不下的是什么呢？是他的幺儿子吗？我俯下身，伸手到他眉毛处，冰凉得很，我把手向下抹了一下，眼睛变小了一点，但还是没有合上。我说：“爹，我们兄弟姐妹都在这里，你不要担心什么，你的幺儿子很好，幺媳妇也很好，幺孙宝也长得好，你就安心去吧。”再把手向下抹了一下，眼睛便紧紧闭上了。我是哽咽着说完那几句话的，泪水早已滴落到镜片上，模糊得看不清了。邻居们见状，说快别哭了，千万不能流眼泪在棺材里，这才把我拉出来，我已经泣不成声了，泪水打湿了半边衣袖，弟兄几个都在抹眼泪，姐姐边哭边数词，反复说“每次回来你再怎么忙也要先给我泡一杯茶喝的，哪门这么快就走了”，乡亲们也忍不住眼圈湿润了。

用生漆调制的石膏封好棺木，所有的一切都在鞭炮声中结束。按照阴阳先生的排算，当天并没有砌坟，下葬的时间选在几天后一个适宜安葬的日子。正月里很冷，老二抱来一堆柴火在棺木前生了一堆火，为父亲度过寒冷。

回到家里，乡亲们都已散去，只有几个至亲还在，顿时觉得冷清了不少。接下来是如何安排母亲的问题。母亲精神尚好，神智十分清楚，就是只能坐在轮椅上，不能长时间离开人。父亲在的时候可以帮忙照看母亲，有什么事可以喊老二他们，两个人也有个老来伴，但现在怎么办呢？老二一家子要把日子过好，开着茶厂，还有地要种，不做事就没得吃，我们三弟兄都在单位上班，也不能天天待在家里，实在是一个难题。最后达成一致意见，老二的茶厂还是开着，一年也就一两个月时间忙，家里的地就不种了，吃穿用住的花费和由此带来的损失由我们在单位工作的三兄弟分担。这是一个没有办法的办法，也算是一个兼顾三方的最好选择了。

九

吃国家的饭、有工作单位的人都是没有多少时间在家逗留的。我因为要在第二天清早赶火车，必须头天在州城过夜。晚上在大哥家里吃饭时，一下子又提到了父亲。大哥说父亲走得太突然了，心里还在想这次给他把病治好了活个八十多岁是没有问题的，没想到这么快就走了。大嫂夹着一片白菜，指着阳台的方向说："爷爷这次在这里的时候还专门弄了几颗菜籽种到一个空花盆里，每天给它浇水，现在白菜苗子已经长得很高了。"又说父亲要她去给他买最喜欢吃的饼子，又到超市称了几斤糯米粑粑带回老家去。我默默地听着，心里也有很多话想说，但喉咙哽咽着，一时间一句也说不出来。

第二天又转了一次火车，在卧铺的顶层，一上床就忍不住流泪了。想着父亲一生老实巴交，吃了那么多苦，刚好可以享福的时候又因为母亲的伤而不得不陪着受罪，真是心疼。不过想着那么多人那么多痛苦离开人世的方式，父亲又是幸运的。人总会死的，能够遭受最少的痛苦安详地离开，也算是好人得到好报了。

我感到最遗憾和过不去的，是我虽为人子却似乎没有尽到一个儿子的孝道。父亲43岁时我才出生，当他苍老需要赡养照顾的时候，我却一直在读书，虽然读到了博士，但在带给家人的世俗幸福方面并没有优势，毕业后的工作地点又选在了远在千里之外的广东，跟父亲在一起的时间自然比较少。所谓"父母在，不远游”，所谓“子欲养而亲不待”，我是真真切切体会到了。都说好男儿志在四方，但当我们自认为理所当然地四处打拼或漂泊的时候，却忽略了遥远的地方还有那么多的牵挂，有的甚至是永远无法赴约的默默的等待。

在过去的一年，我买了不算小的房子，有了非常可爱的孩子，还评上了高级职称，一切都好像顺风顺水。但新的一年刚刚开始我就失去了最亲的人。失去了最不愿失去的，得到了那些所谓的成绩又有什么意义呢？如果要用得到的那些来换取父亲的离去，我情愿自己一无所有！但我知道，父亲是不会这么想的。他跟母亲一样，都是希望我们能够走出去，走得越远越好。父亲虽然从没有说过一句要求和鼓励我们读书的话，但他那期待的目光分明在告诉我们：他不需要孩子们每天守在他身边！想想从小到大我们每一次得奖状，每一次收到录取通知书的时候父亲脸上掩饰不住的高兴与自豪，他的想法和态度是再明显不过了。

火车要走二十多个小时，天总算黑了，我一直没有胃口。想着这两天的经历，尤其是父亲睁着眼的那一幅画面，顿时悲痛万分。在笨重喘息的火车上，就着手机的微光记下了一些涌到脑中的句子，后来整理成一首诗——《父亲》：

你的爱
从来不会说出任何一个字
你的盼

总让我感觉不到你的心事

你从我身旁走过
在空花盆里种下几粒菜籽
你笑着向我走来
在上一秒递给我半个饼子

可一转身，你就走了
走得那么久，那么远……

就这样躺在晨风里，望着青天
却什么也看不见。你只想
静静地躺在屋子里听我说话
当听完牵挂着的最后一个人
你便悄悄地
安然地
闭上了
眼睛

已经晚上十二点了，妻子发来短信问我到哪里了，我回复说明天中午可以到家。这次妻子没有跟我一起回去，主要是孩子太小，家里太冷，五个月大的小孩和哺乳期的妈妈恐怕经不起颠簸、寒冷和悲伤。

父亲没有看到过我的女儿，也就是他的幺孙宝，这也是我的一大遗憾。还记得孩子出生那天晚上我和他通电话时他高兴的笑声，后来我发照片到老二手机上，他看后连说几声孙女长得好、可爱。本来准备暑假带宝宝回去看爷爷奶奶的，不料父亲终究没能看上一眼。古人说“不孝有三，无后为大”，我是有后而没能让父亲看上一眼，也是不孝吧！都怪我一直读书，结婚太晚，不然可以让他早点抱上孙子。这样想着，悲从中来，又在手机上写了一首《爷爷》：

爷爷是一个抽象的名词
我没见过
五个月大的女儿没见过

牵你的手　抱你的臂　背你的背
逗你的笑　盼你的急　念你的甜
都是这个词语的注脚。还有
布茧的掌　褶皱的脸　浑浊的眼
一颗上等水晶铸成的恒善之心
想起就让人温暖又心痛的一切

可是我没见过
女儿也没见过

爷爷，我们从未谋面，无法
目睹你最初和最后的表情
半张模糊的照片也已消失
连同一堆支离破碎的故事
爷爷啊，终其一生，如何才能让你
爬出空洞的词壳，开出生动的花？

如今，女儿早就会说话了，每次看见长得稍老一些的男子都会连叫几声“爷爷”，她还不知道这个称呼的原始含义，也不知道她每叫一声我的心里都会咯噔一下。父亲满“五七”的时候我回去了一趟，特意挑了几张女儿的照片洗出来，做了一个相册送给母亲。一放暑假我就带着妻子和不到一岁的女儿回去看奶奶去了。母亲看到孙宝自然是高兴，只是小家伙看到她奶奶就哇哇地哭个不停。在老家，小孩看着谁就哭是不好的，于是母亲说自己管不长了，不过这辈子也是儿孙满堂，死也可以闭眼睛了。母亲比父亲多活了半年，比父亲幸运的是看到了她最小的孙女，但也只是见了一次面，又怎能不令人心痛呢?!

十

父亲是正月十四去世的，十五闹大夜，十六出殡，二十四才砌坟落葬。父亲下葬之后没几天，我做了一个梦。梦的地点正是埋父亲的那块地方，梦中有很多人，父亲没和我说话，但我却可以听见他的自言自语，他正着急地问“我还有三百块钱哪去了”，然后就匆匆忙忙朝通往坟墓的那条路上走去了。

父亲一辈子对钱没有多少欲望，也没有什么概念，家里是母亲当家，父亲虽然挣了一些钱，但钱却不经他的手，包括他在学校十多年，工资每次都是母亲去取的，“退休”之后每个月有几百块钱，也都取了由母亲把握支配。记得曾经有几次，母亲给他洗衣服的时候发现口袋里有几十块钱，不仅钱被全部没收，还被大骂了一顿。后来我们工作之后，逢父亲过生日会给他几百块钱，转身之后总会被母亲拿去“保管”。我们都曾为父亲不满，觉得他应该抗争，但每次当我们为他打抱不平的时候，父亲总是一言不发，甚至面带笑容，我们也就不再管这事了，也很少再单独给父亲钱了，都是把钱给母亲，让他们一起用。

我还在村学校读小学的时候，父亲经常要摸黑去学校，电筒是必不可少的，母亲有时候会给父亲几块钱买电池。那时候，隔一段时间会有一个老头子背着一口袋“通杆”来学校卖，那是一种玉米浆制成的圆筒状小吃，又甜又脆，一毛钱三根，很受欢迎。每次同学们围着老头子买着吃的时候，父亲都会把我叫过去，从上衣贴胸的口袋里摸出几毛钱给我去买“通杆”吃。我知道那些零钱都是他买电池剩下的，带着他的体温，也给了我温暖。我读大学的最后那年，有一次去大哥那里，父亲神神秘秘地把我叫到他住的房间里，摸摸索索弄了老半天，最后递给我一团东西，我打开一看，是五张皱巴巴的十元钱。我推着不要，让他打酒喝，他非得塞到我手里。我知道，父亲每月的那点退休工资都是母亲取着在用，他是没有经济来源的，这五十块钱要么就是他卖纸箱子、矿泉水瓶攒的，要么就是大哥给他让他买东西剩下的，可他却攒下来偏要给我。其实我当时大学快毕业了，五十块钱也没有多大用处，但我被父亲默默的爱感动着。那五张十元钞被我夹到书里，很长时间都舍不得用。

夜半时候梦醒之后，想到父亲关于钱的点点滴滴，不禁泪如泉涌。人死后真的要用钱吗？父亲到另一个世界也是那么节俭吧？他是不是真的没钱用了？第二天我很早就打电话回去，是二嫂接的，我把这个梦告诉她，她说是你想他了吧，顿时我就哽咽着说不下去了。我清了清嗓子正准备转移话题，她说有这么一回事的，前两天清理父亲的遗物时，从一件衣服里掉了300块钱到地上，那是住院的时候别人看望他时给的500块钱，给去看他的孙女200，剩下300，钱现在已经给母亲收好了。我又打电话给老大，他也确认了这件事，还说父亲生前没掌握什么钱，这300块钱可能是他这辈子手里有过的最多的一笔钱了。我既感到无比的惊奇，又感到莫大的伤痛，难道生与死之间真的可以沟通？不同的时空之间真能有所感应？我打电话给老二，要他代我去买一些纸钱给父亲烧去，我回去后再把钱还给他。心想，父亲在生前没单独用过多少钱，死后一定不能让他缺钱花！

今年正月父亲满周年我回去了一次，回来后不久又做过一个梦。梦中，他和母亲在老家的一个房间里，父亲坐在床沿，母亲正在给他喂饭。房门是开着的，我就在门外不远处，父亲好像是在向我示意，说他要喝水。第二天，我特意来到一个十字路口，把一瓶矿泉水倒在地上。不管他能不能够喝到，我知道他在受苦，是一定要尽力解救的。不过，从那以后至今，父亲再也没有给我托过梦。

十一

母亲去世前一天晚上，我也做了一个梦，梦见她从火塘出来，向她当年摔下去的那个地方走去，边走还边说话，而在门口不远处的一块地里，老二正和一群人拿着锄头忙着。我在梦中惊奇又高兴，连说几声“妈能走了”。我把这个梦默默地埋在心底，没有告诉任何人，尤其是家里人，怕他们胡思乱想。

第二天中午就接到大哥的电话，说母亲住院了。我说要回去，他说已经安排好了，估计要住个十天半个月的，叫我不要着急回去。母亲自从摔伤之后常有病痛缠身，加之脊柱夹有一块钢板，天气变化时就会疼，就在十几天前去过一次医院，打了一天针医生就让出院了，现在医生说是严重的肺部感染，又要住院。我当时正在装修房子，心想快点装好了把母亲接过来尽心照顾她，她那么多子女就是还没有享到我的福。谁知半夜两点接到电话，说母亲正在抢救，病情危重，叫我马上回去。我立马买了早上从湛江飞往武汉的机票，结果飞机还没起飞，母亲就走了。

我忽然想起头天晚上的梦，梦见她能走了，结果她真的就走了。走得那么匆忙，离我们暑假回去看她才一个多月。

同样的路线，同样的程序，同样的热闹和悲伤，在半年时间出现了两次。

我的父母双亲就这样离开了我们!

母亲的坟墓和父亲的是挨着的，立着母亲在世时十多年前就打好的石碑，坟地是她自己早就选好的，一大块平整的田地里安葬着她和父亲，旁边还有母亲的母亲、母亲的舅舅，坟的朝向是她自己说过的，坟前的拜台也是由她钦点的人给她砌的。母亲在封棺时眼睛闭得紧紧的，只是嘴巴因为抢救时插入呼吸机管道而不能完全闭合，“长一张嘴要说话”，这是她生前的口头禅，微张的嘴恰似一个象征，意味深长。

母亲的一生是苦难的，又是辉煌的。母亲是我们家里的毛主席，她无疑是一个伟人，但是非功过又无法达到统一。我想，一个勤劳善良、雷厉风行又有些霸道的女性，一个成功养育了五个儿女的75岁的母亲，虽然经历了一生的磨难，但生前死后的要求子女们都已经竭尽所能满足了，在天之灵也应该能够得以安息了吧!

十二

母亲走后的一段时间，隔几天就会来到我的梦中，形象是那么鲜活，声音是那么清晰，但情节却又是那么离奇混乱。曾经很长一段时间，夜晚无眠，白天无力，脾气暴躁，万念俱灰。我知道是这突如其来的失去带来的伤痛尚未平复，这双重打击是需要时间来疗养的。亲人是与我们血肉相连的，失去亲人堪比剜却心头肉，胜似剁掉手指头，何况是生我养我的父母！父母与子女之间的联系是天然的，也是不可选择的。父母的离开似乎斩断了血缘和亲情的纽带，让我一下子回到无助的童年，突然成了一个无家可归的孩子。夜而梦之，静而思之，音容笑貌如在眼前，有时觉得他们并未离去，只是出了一趟远门，一定会在某个时刻回来，就像小时候一个人在家时的等待，再饿再怕，总能在深夜等到那一串熟悉的脚步声。

这种无药可治的隐秘疼痛和内心不堪触碰的柔软将会伴随我走完有生之年！

但人的生命毕竟有它的长度，它一定会有结束的那一天，而且任何人也无法预料。生是一道关，人人都是闯关者，在无法确定的开始与结束之间，游离着无法确定的结束和开始。死是一扇门，虚掩着，随时欢迎你的光临，轻轻一推就成了门内的主人。生和死，加上爱，构成人的生命的原色，一个人的人生无论如何多姿多彩，都由这三大原色调配而成。死是黑色的，它能夺走光明，使你的天空瞬间黯然失色。而黑暗是怕光的，一束光便可杀死黑暗，所以只要心中有光，便可战胜死亡。父母走了，你的天垮了，但你也要为人父母，你是他们的天，你这个天不能垮。你应该相信，若是地下有知，逝去的亲人一定不愿看到你因为他们的离去而过度悲伤，甚至萎靡不振，他们一定希望你生活得健康幸福。所以我们应该放下悲伤，让时间珍藏记忆，这不是忘却，而是升华之后的铭记。正如忠诚而又豁达的故乡土家山民一样，用载歌载舞的热闹陪伴亡者，用达观朴实的态度参悟生死，那是一种大智慧，那些交织着忧伤与超脱的撒尔嗬，是对生与死的最好阐释，因为《撒尔嗬的唱词没有悲伤》：

这一刻，时间骤然停止
空气凝固　声音消失　色彩消褪
一个从未预约的表情
定格成一幅黑白遗照

“哪一天我走的时候，莫哭！”
不哭。撒尔嗬的唱词没有悲伤
在生命的篇章里
句号是随时出现的标点

不是终止，是一段旅程的抵达
我知道你拒绝眼泪不是
拒绝悲伤拒绝尘世的留念而是
想用句号般圆满的微笑
重新拨动时间的钟摆
还原另一个世界的声音和色彩

遥望讲台

照理说，中国古代的太学或是庠序，私塾抑或书院，都应跟现在的学校一样，有一方三尺讲台。不同的是，讲台的主人现在称老师，以前叫先生。先生一般是不讲多少课的，一桌一椅一戒尺，摇头晃脑只顾自己诵读经书，必要时拿尺子敲敲课桌。而老师则有严格的师德规范，从衣着到姿态到话语内涵，都应有为人师表的风范。

从“先生”脱胎而来的教师是个特殊的群体。早有伟人说，教师是太阳底下最光辉的职业，是人类灵魂的工程师。对于这些近乎绝顶的荣誉，我还未曾去建构过膜拜的空间。倒是今年正月，与朋友专程回县城拜谒高中时的班主任，却被密密麻麻的碑坊引入了另一个世界。当一方墓碑幻化成病魔与课堂的较量，我不得不撂下自己的信仰，任落雪敲打一类沉睡的灵魂。

常以一种沉郁的心绪思念两位恩师，一位小学时我与他同床共枕，一位初中时步行三十里山路接我上学。教师是不幸的，我常这样想。学生总是踏着老师的脊梁前行。当四季豆绕着玉米秆攀附到了自己的高度并结出鼓鼓的豆角，留给玉米秆的最多不过一两个艰难的回望。好在教师都是造化圣请的专业园艺师，但求刈枝芟叶，不问花市行情。

教师曾经是作为工薪的底层被抛入社会的。骑破旧的自行车，赶拥挤的公共汽车。羞涩的皮囊昭示着知识贬值的尴尬，下海、炒股，有人略施小计便可淹没教师一年甚至几年的辛勤汗水。金钱与知识的不等价挑逗着一个群体的无奈，穿中山装的老师还得遭受学生使用手机时高频辐射的伤害。若是哪个“管闲事”的老师想消减半分款公子的豪气，那他的人格立刻会被无情地鄙夷定格为“文革”时的“臭老九”。

提起那出历史闹剧，又不免要为“老九”们说上几句。在那个牛棚和蛇洞里都充满红色专政的年代，一个人可以控制火山的爆发。“莫须有”“上纲上线”，数不清的知识分子拒绝与冤魂辩解。我的两个叔叔就都只用一只眼洞察世界，另一只眼捐给了“红卫兵”作“靶子”。一丈多长的竹竿活生生地戳向一个活体的眼睛，也只能说是在完成一个荒唐的“历史使命”。进了大学，60多岁的老教授讲课时，边写边擦，边擦边写，黑板上从不留丝毫痕迹。我们常对他说，现在是和平与发展的年代了，我们又不是“红卫兵”，可老教授摇动满头白发，一脸悲苦地堆笑：“积习难改啊！”

先进的思想从未停止过对愚昧的抗争。改革开放使中国更换了一种姿态，科技成为第一生产力。九十年代中期以来，知识回居尊位，人才如鱼得水。生产智慧的“工人”也日益受到社会的认可和尊重，出示工作证时也不再羞涩，师范院校成了学子们追逐的热点之一。教师以他们特有的职业魅力召唤和惠泽着每一个乞求智慧的生灵。

在象牙塔里，讲台也并不完全属于教师，授课、讲座、论坛，各种精神思想的传播，不同学术观点的碰撞，把讲台装备成了科技与知识的集成块，包含能量的信息光束散射天宇，又从星河之外反射而回。在这种超越时空的回归中，讲台早已突破了文化本身的内涵。一群人类精神的守望者，接过孔夫子或从他之前的邈远荒漠传来的微弱薪火，浩浩荡荡正向历史的另一个极点一路奔走而去。

大学素描

大一的眼

大一的眼，蓄着清澈的水，漫过透明的堤坝，一滴一滴，渗入无边无际的田野。

大一的眼，散着耀眼的光，穿过羞涩的身影，一寸一寸，逼近收获希望的青春。

大学，是培育精神的智慧之林，这里有适宜的温度，有充足的光照，有丰富的养分，还有愿为栖息的高枝和可供休憩的绿荫。大一的眼，是天河里闪烁的星星，有兴奋，充满新鲜与好奇；有纯洁，透出天真与坦诚；有懵懂，带着无畏与鲁莽；有失落，不乏忧郁与茫然；有奋斗，饱含激情与干劲；有憧憬，写满希望与浪漫。

大一的眼是怯生生的，害怕里有渴望，逃离后有接纳；大一的眼是乐呵呵的，生活处处美好，理想永远丰满；大一的眼是无杂质的，暂时没有故作深沉的伪装，无须注释就能读懂全部；大一的眼是不关窗的，泄露了太多心灵的秘密，来不及掩饰就已完全赤裸。

大一的眼是一双双不断走向深邃的眼。当你看完了校园里每一处久仰的风景，见识了每一个撒满传说的面孔，经历了大学生活的每一道程序，一切都只剩下单调的重复和无谓的结果时，那些期待的美好，那些等待的心跳，很多都成了不屑与嘲笑。

不错，有人把这叫作成熟。一个人一旦成熟，你的眼就不再属于你自己。因为从这一天开始，晶莹的冰堤会慢慢融化，沙子开始侵蚀你的角膜，灰尘会在你的目光中乱舞。从这一天开始，你的双眼不再透明得像水，也没有了耀眼的光。你学会了百般忍受，学会了千种风情，学会了享受闭眼的清静，学会了与人对视着说谎，学会了奉承的热情和拒绝的冷漠，学会了抬眼的矜持和垂眼的反抗。

大一的眼，是菁菁校园里闪烁的萤火，来自五湖四海，汇成象牙塔上的明珠，最终飞往四面八方，亮作大地上的希望之灯。

大一的眼是大一的人，总会老去。多年后的某一天，当你回望，别忘了，在学生时代的最后一站，曾经有一双大一的眼，纯净似水，闪耀如光。

半个大学去哪儿了

大二是向后看的。昨天的单纯羞涩让你在莞尔一笑中瞬间成熟。

大三是向前看的。明天的残酷现实只需稍稍一想顿感危机四伏。

大二加上大三就是半个大学。

大一的一半还在高中，另一半是对大学的适应；大四的一半已入社会，另一半是无止境的奔波。唯有大二、大三这两年，是实实在在、完完整整的大学生活。这半个大学是自我发展的黄金时期，是决定求学质量的关键。

如何度过这半个大学，你和他完全不同。

都过了一年了，他还放不下高考的辉煌或者惨败，总爱用无数的“如果”表达对现状的不满和内心的不甘，到头来总免不了失意，然后迷茫，直至消沉，最终迷失。四年后，那些原本不如他的人早已奋起直追信心满满，而他仍在原地哀怨彷徨，最后只得在一片不合时宜的欢呼声中悄然离场。最多学学愤青的样子，愤恨地骂上两句。

而你不会！你知道没有伞的孩子在雨中只有拼命奔跑，或者你笑着把伞给了别人，乐于自己享受雨中奔跑的乐趣。你把昨天的成绩抛到脑后，把昨天的失败踩在脚下，你清楚自己的方向，并坚定不移地朝那个方向行走。你不会在教室里睡觉，在寝室里吃饭，假装在食堂里看书。你知道：青春是用来奋斗的，而不是用来挥霍的；你上，或者不上，大学都在那里，但青春不行。

大二加上大三就是半个大学。半个大学去哪儿了？有的人习惯于在课堂上如饥似渴充实专业，在图书馆潜心钻研苦练内功，在校园的每一个舞台拼命搏杀斩获荣誉。他们甘愿在火热中锻造，在汗水中浸泡，不惧蜕皮而喜获新生，半个大学被他们充分利用。当然，也有些人习惯于在鼾声中沉睡，在游戏中消遣，在爱的温柔乡里极尽缠绵，半个大学被他们彻底浪费。

大二大三，半个大学，你还能找到它的踪迹吗?

大四的脚步

告别短暂的青涩与懵懂，走过漫长的奋斗或慵懒，大四的脚步转眼间悄然来临。

大四的脚步急促匆忙。

一个终点行将结束，一个起点还未开始。被压抑的生灵终于从课堂和考试中解放出来，终于告别了寝室、教室和食堂的三点一线，终于可以以各种看似合理的理由做自己想做的事情，去曾经想去而没去的地方。但自由潇洒是有限度的，贪图享受更是玩火自焚。初入社会的尝试、充电培训的需求、天南海北的饭碗、毕业离校的忙乱，都掺杂在一阵阵急促匆忙的脚步声里。疾走如飞的身影透着意气风发的得意与自信，或是疲于奔命的焦急与无奈。大四，解放的是身体，累的是心。

大四的脚步轻盈稳健。

腹有诗书气自华，胸无点墨豆腐渣。四年，即使没有学到多少知识也一定学会了如何让自己看起来有学问，即使没有多少深刻的思想也一定知道如何故作深沉，即使没有学会好好做人也一定学会了作践自己。熬啊熬，终于熬成了顶级的学哥学姐，成了扑朔迷离的校园传说的权威解释者，有故事可以述说的传奇人物。在心理上，大四已经是一个可以和老师平起平坐、呼哥唤姐的级数了，轻盈的步态不再如入学时那般疯癫和鲁莽，稳健的步伐承载着满载而归沉甸甸的分量。

大四的脚步依依不舍。

有一种离别叫毕业，没有一种毕业不伤感。无须催促，无法挽留，季节的流转是自然程序，瓜熟蒂自落。四年，不论是充实还是空虚，是辉煌还是落寞，一千四百多个日子哪一天不是脆响的青春！这逝去的青春已然长成校园的风景，是佳话还是遗憾终将成为笑谈。此时留念的，唯有那城墙内每一隅熟悉得陌生的角落，每一位日日如晤的恩师，每一个睡在上铺的兄弟或姐妹。最后的时刻来临，顺风的脚步在慢镜头里渐行渐远，无数的身影在珍重里默默珍重，在再见中此生不再见。

大四永远有两只脚，一脚踏着校园的青草花香，一脚插入社会的车水马龙。

“保护费”的尊严

在武汉读书的时候，一时心血来潮开了一家女装淘宝店。第一次“下海”，什么都不懂，看上两款衣服就一下子进了几千块钱的货，本来盘算着可以赚一笔，谁知服装都有很强的季节性，同一款衣服进多了自然就会滞销，而且网上卖同款衣服的店家数量多，竞争激烈，新店的信誉度又不高，流量也少，竞争自然处于劣势。后来那两款衣服干脆以进价处理甚至倒贴运费，即便如此，直到网店关门还是有几十件没卖出去。

几个月后退出了“商海”，决定以低价把这两款衣服和其他的尾货吐出去，于是在校园网上发帖招了一位女推销员，让她每天下午推着一箱衣服去小树林卖，卖出一件就给一件的提成。女孩很热心，后来干脆推着箱子到南门大街上的人行天桥摆地摊去了。

第二天吃完晚饭独自散步，走着走着就到了天桥。给我卖货的女孩正在跟一个妇女砍价，地上铺着胶纸，上面摆着衣服，旁边放着箱子。天桥上人来人往，摆地摊的一个挨着一个，好一派“商贾繁荣”的景象。

“又来了！”女孩显然很不情愿。

“谁？”我问。

女孩给我使了个眼色。顺眼望去，一个黄头发的青年正赤裸着上身朝天桥走来，全身都是文身，横肉一颤一颤的。

女孩说，那是个收“保护费”的混混，凡是在这里摆地摊的，每天都要给他五块钱的“保护费”，“他昨天就来了，我说我刚刚来，没卖出去，他就没收我的，说明天再收，今天估计是躲不过了”。

我抱着双手站在天桥上，面无表情，心里充满鄙夷和愤怒。黄毛一家一家地收着，走到女孩面前时稍稍停了一下，又去收其他人的钱去了。摊主们无一例外地递给黄毛五块钱，一个个目光淡然，有的连望都不望他一眼，像是一种被驯服后的乖顺，又像是打发乞丐一样充满不屑。

我本以为黄毛收完其他人的钱就会走，谁知他还是在我的摊位上停了下来，并大声问：“这是谁的？快把钱交了！”女孩又跟他说了昨天的一番话，他说不行，昨天你就没交，今天要交了。女孩见躲不过了，就走过来问我。我抱着双手面无表情地站在天桥上，心里翻江倒海，五味杂陈。平日里最瞧不起的就是这些社会渣滓了，不劳而获，欺凌弱小，真想把那黄毛破口大骂一顿，或者甩开膀子跟他大干一场。我打不赢你，叫几个学散打的和警校的同学总可以收拾你吧？报警总可以吧，前面不远处不就是省公安厅吗？……脑袋里一时间蹦出很多种想法，但不知为什么，却神不知鬼不觉地从钱包里掏出五块钱递给女孩，女孩递给黄毛，黄毛收了钱大摇大摆地走了。

那天收摊很晚，而且那也是最后一次出摊了，没卖完的衣服直到毕业仍放在箱子里。

这是好几年前的事了，但我一直都在为这五块钱而感到羞耻。一个受过高等教育而且读到最高学位的人，在大庭广众之下向一个收“保护费”的黄毛小子低头屈服，这种心灵上的耻辱感无论如何也难以自行消失。

五块钱本身算不了什么，但却是尊严的象征。在这个世界上，有一种尊严是给“体面人”的，要么靠强大的实力做绝对的控制，要么在稳操胜券的局势下通过对弱者的忍让而获得；有一种尊严是留给底层人的，因为敏感而显得脆弱，因为脆弱而丝毫不可冒犯，否则他们会跟你拼命；而文人知识分子的尊严呢，无非就是看重良知正义，凡事都要分出是非曲直，在他们看来，这往往比实际利益更重要。可惜的是，现在的社会，现在的人，似乎都不太看重是非曲直的尊严了，遇事的第一反应就是算计实际利益的最大化，盘算物质损失的最小化；在长期的酱缸文化“熏陶”和几十年的“猫论”“教化”之下，现实也越来越回归到赤裸裸的丛林法则，不管你用哪种方式，能赢就是强者，不能赢就只有退到阴暗的角落自我疗伤的份儿。当一个社会把正常的当作异类，放任不正常的堂而皇之，这最后一种尊严，也就很快成了没有尊严的尊严！

果真如此吗？应该如此吗？

为那五块钱的“保护费”，定当祭奠那永远失去的尊严！

网络时代的朋友

网络时代，朋友好像多多少少都跟网络有点关系：QQ、博客、微博、微信等层出不穷，由此产生了Q友、博友、微友。网络本是虚拟的赛博空间，但却是现实的延伸，或是与现实的融合，而且会产生比现实更真实的虚拟现实。当网络成为生活的必需的时候，网络时代的朋友也变得必不可少。

既然能成为朋友，当然有一定的现实可靠性，所以，“摇一摇”和“附近的人”等新兴时髦的交友方式不在讨论之列。只要不是猎艳和精神空虚，完全陌生的人在网上是很难成为真正的朋友的，动不动就加Q要“聊一聊”的时代早就过去了。能够在网上继续交流的，总有一点现实的由头，或是固定关系，或有工作沟通，或有业务往来，或有一面之缘。如此，由现实的陌生到网络的熟悉再到现实的熟悉，多多少少也算是朋友了。但这是一个三部曲，舍一步而不成：现实中不太熟而有进一步交往的愿望，于是延伸到了网上；但如果在网上从不交流，一年半载不说一句话，不知不觉成了僵尸网友，也就没有存在的必要了；也有一些人，在网上已经像个老朋友了，但在现实中一见面却又冷若冰霜，形同陌路，瞬间回到了第一阶段的陌生。由此可见，只有这三部曲都自然而顺利地走完了，才有可能从有关联的陌生人变成近距离的朋友。

既然能让陌生人变成朋友，当然也就能让朋友变成陌生人。常常有你的老同学、老同事突然一天加你为好友，你当然很高兴，甚至兴奋地想象着他寻找你的艰辛和找到后与你一样的兴奋，你甜蜜地回忆着与他之间美好的过往，以那些年随意而大胆的独特方式与之寒暄，得到的却是一句“呵呵”，或者干脆没有回应，从此成为“僵尸”。你改为合乎礼仪的方式交流，也是这样的结果。或许你的寒暄方式让他始料未及，他觉得多年不见，你变得太猖狂，居高临下；或者觉得彼此这么多年没见，你还是那么幼稚，不可信任；或者觉得你现在变得世故圆滑，已经不是当初那个可爱的“小憨”了。也有现实中已经是熟人甚至较好的朋友，开辟网络交往的第二条渠道之后，突然有一天在他的说说或空间看见一些你不喜欢的话，或你最不愿碰到的事，顿时感觉这人怎么如此陌生，你不了解他，或他隐藏得很深，从此不愿深交。这两种人在心里已经离你远去，但又不忍心将他们拉黑，只有让图像永远灰着，成为熟悉的陌生人。

当然你也可以说，能变成陌生人的朋友就不是真正的朋友。“君子之交淡如水，小人之交甘若醴”，真正的朋友加你为网友是为了保存一种“永远的联系方式”，他不会每天给你电话，不会时时和你聊天，甚至不评论、不点赞，酷似僵尸，却在时时默默关注着你，你有什么事有什么困难，一个留言立马就会从隐身状态跳出来帮你！当然这种朋友需要有坚实的现实交往作为感情基础，数量也不会太多。绝大多数朋友还是要靠交流和联系来维持，“君子”所需要的境界非一般人能达到。

网络能把陌生人变为朋友，也能把朋友变为陌生人，还能将真正的朋友永久保存。网络是现实的一部分，现实中若即若离的人，可以通过网络交往而上升为好友，因为彼此之间仅隔一层纸；现实中不认同没有交往的，有再多系统推荐的“共同好友”也不会加为好友，因为彼此之间相隔一重山；而那些知根知底、一见如故的老朋友，志同道合、相见恨晚的新朋友，会因为网络而变得更加贴近，更加牢固。网络交往是人际交往的延续，网络时代的朋友就是现实的翻版，比现实更生动，更真实。

诗风古韵中秋月

月亮本是银河系中一个普通的星球，因其邈远神秘而受到人们的敬畏祭拜；古人观察日月的消长变化本是为了知天时授农事，却慢慢衍生出赏月的习俗。八月乃三秋之中月，十五乃中月之中日，在人们心中，中秋乃一年中月亮最亮、最圆之时。月因传说而神美，中秋月，更因千年诗风古韵的浸润而诗意飞扬。

“人道中秋明月好”，能够引万人观赏，为千人吟诵，中秋的月亮当然自有一种独特的自然之美。最圆不过中秋月，无论是“圆魄上寒空”，还是“银汉无声转玉盘”，都是关于中秋圆月的绝妙比喻。“月到中秋偏皎洁”，只要能逢着好天气，中秋之月总要比平时明亮得多，天上地下，水中眼里，处处皆月影，正所谓“满目飞明镜”。在这世人崇奉的良辰美景中，邀二三好友置酒高亭，玩月赋诗，欢饮达旦，一直是古时文人墨客常见的过节方式。“此时瞻白兔，直欲数秋毫”，明月高悬，天宫里的一切都清晰可见，透明的月光朗照大地，好一个“清辉了如雪”的光明澄澈之境。无论是仄身喧闹的都市，还是地处僻静的乡野，无不处在秋高气爽的怡然自得之中，“千家看露湿，万里觉天清”，佳节恰逢天公美，自是人乐景美合家欢。

“最团圆夜是中秋”，中秋月最圆，月圆人更圆。合家欢乐，万家团聚，这是每一个人的美好愿望，花好月圆的中秋之夜便是实现人生和家庭圆满的最佳时机。在古代的中秋节，回到娘家的出嫁女子一定要在这一天返回夫家，漂泊在外的游子也要尽量回去与家人团聚，“红绫美饼分如许，最喜儿孙绕膝前”，一家人在一起吃月饼，话家常，和和睦睦，其乐融融。天上圆月不可得，人间月饼即可食，圆圆月饼团团坐，亲友团聚堪圆满。从圆月到月饼，从月饼到团圆，从团圆到圆满，经历了多次关联和映射，反映出一种东方文化式的民族情感。虽说只是一种心理上的象征性满足，却是传承千年的民俗文化，有着旺盛的生命力和深刻的文化内涵。

月圆人不圆，悲欢离合，古今难全。并不是所有的人都能在中秋团聚，也不是所有的团聚都从此不再分离。苏轼的“此生此夜不长好，明月明年何处看”，说的就是聚少离多的遗憾，今年在一起饱尝了人间美好，不知道明年彼此身在何方。征人、游子、离人……他们的中秋之夜难免愁苦万分。“圆魄上寒空，皆言四海同。安知千里外，不有雨兼风。”在美景佳酿齐备、千家万户合家团圆的时候，又有多少人远在千里之外，在中秋佳节忍受着凄风苦雨？“今夜月明人尽望，不知秋思属谁家”，同样的月圆之夜，同样的望月之人，却是几家欢乐几家愁。月圆人缺，只能靠意念和情感突破时空，在想象与信任中共度美好，从而实现天涯比邻，千里君同。“西北望乡何处是，东南见月几回圆”是被贬的白居易无法排遣的孤独沉痛；“海上生明月，天涯共此时”是离乡的张九龄对远方亲人无奈而痛彻的思念；“但愿人长久，千里共婵娟”是“兼怀子由”的苏轼送给天下所有人的良好祝愿。一轮中秋圆月，承载着多少人的情思与厚望啊！

月之圆缺自有规律，天之阴晴却变化多端，所以，中秋之夜并不一定都是花好月圆。中秋不见月，不仅煞了风景，还愁了人心。晚唐司空图有诗云：“此夜若无月，一年虚过秋。”中秋的意义与情趣全都寄托在那轮明月上，没有月亮的中秋简直都没法过了！一年一次的中秋寄托着人们整整一年的期待，“一年惟一度，长恐有云生”，这一天最怕的就是天公不作美。中秋的风风雨雨无情地扼杀了文人墨客笔下的诗情画意，彻底浇灭了人们心中的美好愿望，是欢度这一佳节的第一杀手，所谓“世间第一无情物，谁似中秋雨与风”。但往往期望越高，失望就会越大，有时偏偏在这万家团聚赏月之时不见明月，实在令人扫兴伤感。尤其在战乱纷飞、国破家亡的宋朝，诗人的残缺感最为强烈，所写的晦暗无月的中秋诗词也最多，苏轼的“月明多被云妨”，宋祁的“万里重阴晦玉轮”，范成大的“扑地痴云欲万重”，无不记录了大宋江山风雨飘摇下文人感受到的分离之苦、家国之痛。

一轮明月，多少欢愁。中秋月的美感遇上文化人的情感，经过历代文人的调制，窖藏在诗风古韵之中，越陈越香。转眼佳节又至，当你抬眼举杯、抬头赏月之际，是否听到了那些遥远的吟唱？

第四辑　今夜无诗

今夜鼾声如雷市声如潮
只有你打开春天打开诗

没有诗歌如同没有爱情
心跳不加速算什么人生

我不是诗人我不会饿死
况且富人早已瘦骨嶙峋

一个人燃起一群词取暖
瞬间点亮黑夜灯火通明

文学：一场风花雪月的事

文学是什么？是一种呈现，呈现给我们精彩的故事、精美的语言、鲜活的人物、灵活的技巧；是一种赋予，赋予我们责任感、使命感、正义感和人文关怀；是一种期待，期待丰富情感、增加理解、接近伟大、引起共鸣；是一种收获，收获感官愉悦、心灵寄托、审美享受、精神升华。

文学是风。风是自由的。自由是文学的天性。自由的文学最有创造性和生命力，最具艺术的天然特质和人类的生命本性，也最符合自然的思想市场和永恒的人性需求。因为自由，文学才像风一样，随势而起，微飓变幻，海陆空谷不限，无形而万状生。

文学是花。花是美艳的。美艳是文学的容颜。文学花圃里最初吸引人们的，恐怕不是叶的营养，也不是根茎的药用价值，而是花的美丽容颜。就文学这朵艺术奇葩而言，其他价值的实现，首先依赖于能够给人提供美。有了美感才能让人接近，有人接近才能让人闻到芬芳，拥有美丽和芬芳，方能得到世人的怜爱与欣赏。

文学是雪。雪是冷峻的。冷峻是文学的良知。在文学的世界里，从来不缺少盲目的歌颂和违心的赞美，因为人类似乎是虚伪的，是自私的，是懒惰的。狂热、专制、迷信、崇拜，都是人类自由发展的天敌。幸好，这世间尚有反思能让人在总结中清醒，尚有批判能让人谦逊而知不足，尚有适当的距离能让人体会到美感和缺陷。有什么理由拒绝文学的雪般冷峻呢？寒冷的冬雪不是正好冻死害虫，从而召唤和煦的春风吗？

文学是月。月是高洁的。高洁是文学的操守。文学之所以能古老而不朽，正是因为它能守持文人的千年风骨，能坚守人类的精神家园，能让人勇敢直面现实的苦难血泪，而又不懈追求理想的至善至美。无论是面对中天圆月的仰望，还是关于嫦娥婵娟的遐想，抑或接受月华清辉的沐洗，都是一种思想与灵魂梦幻的编织。而编织文学梦幻的材料就是文字——在文字中寻求超脱，在超脱中得到升华。

文学，恰如一场风花雪月的事。拥有了风的自由、花的美艳、雪的冷峻和月的高洁，文学的圣殿岂不虽在梦中，犹在眼前？

今夜无诗

我们有什么资格鄙视诗歌和文学？我们不可能离开语言和文字编织的文化之网，而文学是整个文化网络的关键节点，只有她能够指引人们穿透千年迷障直抵心灵居所。即使你叫嚣着只要大众的娱乐，你可知道这些娱乐的制造者也需要高雅艺术的熏陶和提升？

或许，诗真的是农业文明浪漫的情侣吧。田园的风光、闲适的节奏、和谐的情调、朴实的人伦，才是诗的温床；而机器的轰鸣、生活的重压、异化的人性、膨胀的欲望，又适合什么艺术形式呢？——或许不是诗。人类的诗意被自己建设，又被自己破坏。有人居住的月球，嫦娥的神秘还能持续多久？

当然，我们抛弃了诗歌，诗歌也背叛了我们。“梨花体”让我们思考，当作诗变为说话时诗意何在，形态各异的实验诗歌真的是在说，诗歌完全是个人化的事情？如果诗歌真的不需要读者而能自处，也自然不会有任何焦虑与失落。渴望产生共鸣又不愿与人分享，诗的世界又怎能实现交流？

诗人的奇异打扮和个性举动，或许正如他们的诗的语法——标举自身的独特，才是诗的姿态，即使那些看起来与人无异的诗人，其内心也一定是与众不同的。极度个性化是一个优秀的诗人存在的基本前提。站在诗人的立场，他们的举止只是他们内心再自然不过的流露，所以我们应该理解和尊重他们的一切。但是大众是做不到的，普通读者也做不到。所以当诗人脱掉衣服朗诵诗歌有谁能理解？还有徐迟、马雅可夫斯基、顾城、海子，加上余地……当诗人扣动扳机、挥动斧头、推开窗户、走向铁轨，又有谁能理解？诗人创造了诗，诗提供了理想，理想缠绕着诗人，诗人结束了生命，生命成为另一种诗。是循环还是升华？是悲壮还是滑稽？

今夜无诗。

饮夜而歌

夜是昼的兄弟，也是昼的宿敌。

黑夜的来临总是如期而至。不可阻挡的如期而至。

眼睛被光明带走。万物被光明带走。众生平等。

夜的世界属于大脑。闭上眼，思考，或者探索，策马奔腾。思想固然有丰富和深刻的痛苦，然而没有思想，人注定只是一头快乐的猪。

夜晚盛产幻觉的奇观：红袖添香，窗烛共剪，晓风残月，床笫之欢。还有随时盛开的街灯、渔火、烟花和星辰。夜晚的疆域四通八达。

夜晚其实是单调的。夜生活的丰富只是对单调的愚蠢反抗。在夜的王国，只有蛙声的独奏、孤影的翔舞，只有苍白的梦、无梦的眠。

夜是诗的沃土，情的温床。黑夜又是罪恶与堕落的遮羞布，所以白昼是黑夜的宿敌——亲如孪生兄弟的宿敌。

光。唯有光，能彻底驱赶漫漫长夜。唯有光，能粉碎夜的恐怖、深邃、神秘，当然还包括罪恶与堕落。

只需一束。一束光便可将时间分割成永久的循环。一束光便可杀死黑夜。

邀一个最纯粹的夜晚，撒一张硕大的网，围捕夜于光之外，收拢，倾倒于木臼之中，捣碎，滤出陈香的墨液，饮夜而歌。

与尸同眠

在梦中梦见蚊虫飞舞，黑压压的，没有声音。

梦中的光把梦照得通明，只剩下没有声音的漫天飞舞的叫不出名字的各色蚊虫。黑压压的。

梦中的梦被一只凤凰的振羽之风惊醒。回到梦中，已是一片嘈杂。夜蚊子吸饱了血，慵懒得不再唱歌。苍蝇携带着不知名的病菌和我亲吻，嘴唇已唱不出挽歌的哀怨。一群牛虻把我当作一头不知痛苦的猪，贴在身体的每一个部位尽情叮咬。

凤凰树长大了，摇曳着绿，胀裂了酱紫的花盆，刺破了惨白的天花板。

就在楼房倒塌的瞬间，梦也醒了。

打开灯，一切犹在梦中。

天花板惨白依旧，坚固依然。不见了苍蝇和牛虻，但仍有飞蚁盘旋。盘旋间，羽翅与树叶一同无声地飘落。

不问时间，已到天亮。掀开薄毯，抖落一地蚊虫的羽翅。

该清理你们的尸体了——在这最后一个梦境被打破的时刻！

无法清点，这满床的残尸。是被生命的力淘汰了吧，不然，怎会将一个族群的命运败给一缕秋风！

需要祭奠吗？用一张硕大的洁白的纸，铺成一处硕大的洁白的坟场。和着无声的哀乐，将它们一一散开。两千零一十九具尸体，陪我度过了二十二个荒芜的夜。

与尸同眠，只因我心已死。

然而，死心可移，此心可长。我不能被生命的力淘汰。所以对不起：我要与你们告别——与陪我度过了二十二个荒芜的夜的两千零一十九具尸体彻底告别！

去拥抱凤凰的根吧。那株花盆盛不下、斗室关不住的凤凰树，树上栖满赤红的凤凰鸟。

就在这微冷的秋夜，我摔碎了酱紫的花盆，将一株摇曳着的绿插入一片广袤无边的土黄。

无须仪式。

默默掬一捧死尸，撒于凤凰树下。等待一颗心的涅槃。

清明是一个怎样的词

一段气清景明的日子，经过一百零八天的穿越跋涉，踏冬而来。

一个万物显生的节气，历经两千多年的培育生长，根植人心。

天空清朗，大地明净。积攒了一季的生气瞬间释放，热闹与喧嚣一同升起。泛青的水泥台阶，遥看近无的草色，如婴儿探头的嫩芽，似丹青细绘的山水。叶的赛会，花的海。风的嬉戏，鸟的歌。

万物复苏是开始，海水洗过的太阳是清明的；种瓜点豆是开始，泥土滤过的空气是清明的；踏青郊游是开始，自愿敞开的身心是清明的。

时间。唯有时间，和由它标刻的生命，在这一天无数次终止。

旧坟。新土。豪墓。荒冢。亡灵。孤魂。寿终。夭折。

祭扫。跪拜。纸灰。烛泪。炮声。肃静。哀号。啜泣。

……

清明是一个怎样的词？日朗。月明。草叶青青。可是水呢？河水涨了却带走了渔夫，溪水绿了却滑倒了村妇。飘洒千年的纷纷细雨，是滋润万物的贵油，更是断魂人的清泪。

一个季节行将远去，另一个季节不可避免地来临。清明就这样身处时空的节点，一边是喧闹一边是静穆，一边是欢笑一边是哀思，一边是代表完满与吉祥的一百零八，一边是承载着缺失与追思的永恒。

就这样寂静地死去

就这样寂静地死去。在这个温暖的春天，嫩芽死于绿叶。候鸟死于大网。痴男怨女死于爱情。贪官死于利欲。学生死于考试。黑暗死于光。亲人从身旁去到田野，死于一片荒草的疯长。无数无辜的生命死于一场天空与大海策划的阴谋，死于没有真相的死亡。

就这样寂静地死去。葬于闹市。没有哀乐。没有哭声。没有送行的朋友。没有告别的亲人。没有玄服的包裹。赤裸着躺在不知什么地方的地方，双眼微闭，面容僵冰。一丝空气就这样凝固成一个永恒的手势。赤裸着躺在不知什么地方的地方，一如这个世界你不曾来过。

就这样寂静地死去。归于虚空。没有诗人的悲壮拯救不了诗歌。没有演员的眼泪感动不了观众。没有革命者的大义践行不了主义。生命是无私的循环，没有人承认他吸进的空气是你节约而来的。死则死矣，何谈身后。寂静的世界里没有纷扰，自然也没有功名。一缕青烟画一个句号，瞬间被风吹散，就是这样。

就这样寂静地死去。万籁俱寂。寂静是为了庄严，死去是为了重生。微睁双眼，浅笑初起，无须惊呼，无须笑声。死亡是一场酣睡，这般入梦，换一个姿势醒来。赤裸着躺在不知什么地方的地方，一如这个世界你曾经来过……

其实可以这样活

生容易，活容易，生活很难。

有一种活法叫活着，有一种活法叫生活。

要想活出人样，就得学会用加法。

于是就要奋斗，要进取，要担当。要做更大的官，要赚更多的钱，要成为专家学者、社会名流，谋求更为显赫的身份和地位，要在世俗目光的注视和仰望下一步步“往上爬”。

所有的屈辱和苦难都是营养丰富的粮食，那是“天降大任”前的考验，是“吃得苦中苦，方为人上人”的信念。

有一天，当你得到了满堂服从的威仪、无与伦比的奢华、万众膜拜的虚荣，却发现丢失了自我，而且活得并不快乐。

你已身陷一张无法挣脱的大网，处处受缚，不知不觉中失去了个性，失去了真心，失去了普通人的自由闲适。更有甚者，你已迷迷糊糊上了贼船，沿着一条无法返回的航道飞驰而去，提心吊胆，惶惶不可终日。

于是你开始向往减法的生活。

放下国家的宏大，放下历史的虚假，放下文化的虚无，放下政治的诡谲，放下商海的暗战，放下学术的清苦，放下恭维，放下荣誉，放下交易，放下应酬，甚至放下人间烟火。

官位已经到期，“公仆”升级成“主人”，门前冷落，花花草草的世界向你敞开。

财富已经裸捐，一生所有仅剩蔽体的衣服，但在你的观念王国里却富可敌国。

如果你是一个学人，自当抵制权力春药的诱惑，抛弃所有的兼职和荣誉，回到书斋享受书页的芬芳，在思想的自由国度里，以梦为马，策马奔腾。

如果生命的花朵还可以开放，那么请穿过前半生的雾霭，让阳光打在脸上，独坐湖畔，静赏莲荷。

累了，看孩子们追逐嬉戏，最后由三岁的小宝贝牵领着漫步花园，聆听一颗没有被污染的大脑所赐予的生命智慧。

其实可以这样活：用减法减去那些可有可无的选项，竭力还原生命的原色，过滤掉五彩的虚幻的光，只剩下绿色的生、红色的爱、蓝色的死。

这样的生活里，没有荣华富贵，没有交易欺骗，而有由健全个体集合起来的健康的国家，有由真实和逻辑连缀起来的令人信服的历史，有由丰富的心灵和硬朗的风骨熔铸而成的人性人道的文化，有温暖的房间，有朴实的人伦，有真实而安宁的世俗生活。

当然也有黑暗，用光去照耀而不掩盖；有苦难，用信念去泅渡而不逃避。

其实可以这样活——你也不妨试一试！

这样的季节

火车一路向南。兴奋而压抑的喘息抚摸着大半个中国，顺次解开钉在不同纬度的衣扣。

冰雪美人随着逐渐升高的体温慢慢苏醒，依次褪去雪白的棉袄，鹅黄的毛衣，剩下一身浅绿的衣裤。

这样的季节，满眼是花叶的曼舞，满耳是生长的声音，鼻翼流淌着泥土的芬芳，舌尖回味着春茶的甜香。

拭净瞳孔，凝视季节的密码。东方，西方，北方，北方的北方，是何等异样的风景。静穆的山峦，发情的春水；产房的啼哭，郊野的新坟；少女的酥胸，老翁的瘦骨……跟随时间延伸的双轨之间，潜藏着一掠永恒的暗影。黑暗中，飞翔与爬行一同上演。

走下小站，在大小不一的衣扣上踱步，然后结束旅程。夜间，或者白昼，如缓慢移动的风，将花粉带到不同纬度却同样富饶的土壤。此心安处，瓜果飘香。

当奔跑成为一种习惯，一切都会在延展中收缩。空间广袤成一点，时间永恒成一瞬。

这样的季节，有人圣诞，有人仙逝。有人悲伤，有人庆幸。有人苏醒，有人沉睡。有人归来，有人远行。

煦风中，你终于站成季节的风景。不必遥望。只需注视。

等

翘首街头，在人群的隙缝中搜寻；静坐一处，细听随时响起的脚步；如影随形，每时每刻默念心间；抱憾而终，生命的最后一刻以等待结束……

等约定的履行，等诺言的兑现，等过去的重现，等奇迹的发生……

等，是希望。没有等待就没有期待。等，因希望的迟到而焦急，因心情的焦急而急切，因态度的急切而凸显出等待的价值。

等，有时是失望，甚至是绝望。当失望已成习惯，绝望成了希望，希望的结果是永远不要出现结果。

这便是绝望。

等的就是绝望。

绝望的等待是冬雪之于秋虫的等待，因季节的安排而不可逆转；是水之与火的等待，早知相遇就是死亡；是等待戈多的等待，只有等待才有意义。

没有结果的等待是一种残缺，而没有等待的人生又何尝不是？

翻看一下你的人生日历，是否有过短暂的等候，或是长久的、永远的等待？

遇

遇，是概率，是缘分，是命运。

两个人在同一轨道相向而行，总会有遇的一天，即便有不同的境遇，不同的结果。

遇，可能是一生的等待，一世的追寻；也可能是不经意的一瞥，毫无准备的慌乱；甚至是绕不开、躲不过的冤债和劫难。

遇与不遇是一种选择。开而遇，闭而过。

因为遇，拾起《诗经》里的一叶芦苇，填着唐宋的一句诗词，谱上民国的一段旋律，就这样一次次咀嚼着，穿越时空，某种似曾相识的感觉邂逅千年。

而当心门关闭，五官也随之遮蔽。所有熟悉瞬间陌生，遇见也成了错过。

遇与不遇是一种心境。心相遇，身千里而影相随，心不遇，貌相合而神相离。

等待是心灵的修行，冤劫是行为的报应，偶遇则是感官的顿悟。在人性的天平上，不经意的偶遇远比等待和追寻精彩。身心愉悦的邂逅包裹着生命不能承受之重。阅尽风华千回百转之后，惊喜却静静地躺在原点。放下紧勒肩头的犁带，沉重的肉身从此自由飞翔。

相遇可能是一种幸福，也可能是一场灾难。幸福和灾难都只需要一秒。

人海茫茫，熙来攘往。遇而成夫妻，遇而成回忆；遇而成朋友，遇而成仇敌；遇而终身不分离，遇而此生不再见。

与其做毫无结果的等待，不如转身追寻另一场相遇。与其让相遇成为遗憾，不如让错过成为美好。

错过

当两个人的时空轨迹平行，错过自然就不会错过了。

错过，是时钟的停摆，是天意的暗示，是愿望的退缩。

一秒的迟疑，会错过一个机会；一场慵懒的酣睡，会错过清晨的花香与鸟鸣；一个未接电话，会错过一个朋友、一次合作、一场聚会；一次犹豫的表白，会错过一生的缘分。

有些相遇本不该发生，有些错过本可以避免。

苦苦等待的一场相遇，却因为一秒钟的迟到而错过，因为一转身的距离而瞬间相隔星河。如果你早一秒钟占据我的心，或者我晚一秒钟离开你的视线，如果我迅速跟上你转身的脚步，或者含蓄地递给你一个挽留的眼神……可是，如果怎能如果？

无比期待的一场相遇，却因为一句话的迟疑而错过。如果……如果也只有一次。错过了，连如果也没有了。

有的错过是幸运，有的错过是遗憾。机会是绝对准点的单趟航班，错过了就是错过了，相同的情境再温暖也只是镜花水月，永远无法还原三维空间的真实。

遗憾的错过让人追悔莫及且不可弥补，一旦错过，穷尽一生也无法找回。

有些时候，错过是上天的眷顾，是和厄运擦肩而过。

更多的时候，错过是无奈的回忆，是心底温暖的痛。

好在人人都是平等的。错过，是生命的必然。

感谢敌人

人与人之间，有死党，有朋友，有路人甲，有竞争对手，有反对者，有死敌。

死党者，可以共同赴死之“党羽”也。死敌者，誓死不相容之宿敌也。此二者都不在乎是非曲直本身，而只在乎自己的利益和屁股所坐的位置。朋友在一起做的坏事多了就“升级”成为死党，朋友之间已无交集就可能淡化成为路人甲。当然，有足够的胸怀，有足以令人信服的改变，竞争对手和反对者也有可能成为朋友。

死党重义、重利，朋友重情、重缘，竞争对手重成果的独享，反对者重立场的坚守，死敌重姿态的不可调和，至于路人甲，纯粹是事不关己的冷漠的看客。

如果一定要为“敌人”的外延划分范围，后三者都在其中。

竞争对手与你有直接的利害关系。即便如此，除非是你死我活的巅峰对决，否则彼此之间定会有各自的生存空间。对手之间应该相互学习、共同成长，甚至可以联起手来消灭共同的敌人。没有竞争就没有进步，就没有效率，也就没有生命力。

反对者跟你不是一路人。他们的观念、利益、信仰跟你都不在同一个轨道。如果并非黑白分明，与反对者倒是可以求同存异，相互竞争；如果定是非此即彼，对反对者就只有一个选择，要么化敌为友变成朋友，要么变成敌人你死我活。

死敌是永远的敌人。与死敌之间的仇恨不可能真正化解，即使死敌转变成一般的反对者也已不可信任。对于死敌，唯一的出路就是像秋风扫落叶一样消灭之，对死敌的仁慈就是对自己的残忍。

感谢敌人。如果他在与你竞争，他身上一定有你不具备的光点，你应该设法学习他然后打败他，或者败给他然后打败他。几个回合的较量之后，你超过了他，也超越了自我。

感谢敌人。如果他是你的反对者，你身上一定有他不认可的地方，你应该去反思和修正。思维多一个角度作为参照，结果总会更加安全。反对至少是一种警醒，有时必不可少。

感谢敌人。即便是死敌，也应该感谢。死敌的存在是你的心病，死敌的消亡是你成功的证明。与死敌的斗争是常态，生命不息，战斗不止，没有敌人的存在，你还有存在的必要吗?

感谢敌人。没有敌人就不知道还有人比你更优秀，没有敌人就不知道还有人与你想法不同，没有敌人就不知道你的存在对别人是一种威胁，就不知道还有人在威胁着你的存在。

感谢敌人。是敌人为你刺破了童话世界的肥皂泡，是敌人让你看清了人性的险恶，是敌人制造的干扰和挫折促使你一步步走向成熟。

感谢敌人！

尘埃的落寞

回来以后第一件事是洗去满手的灰尘，在最近已经变成了一种不得已的习惯。

因为要做一篇十多万字的文章来“骗取”一个学位，最近才如此深切地体会到，大脑的充实和洒脱是需要身体的无比劳累作为代价的。对思想灵光的追逐起于何时，我可记不真切了。大约是小学老师要举手宣布长大以后干什么的时候吧。那时觉得警察太野蛮，军人太辛苦，商人太俗气，农民太没出息，唯有能写出自己正背诵着的优美课文的人才是了不起的角色。也不知道什么作家、学者、博士、教授的“头衔”，只是觉到意念之中总飘忽着一位超凡脱俗的女神，诱惑和灌溉着一颗躁动而干涸的心灵。幻想着拥有那一圈神秘绚丽的光环，加上诗般的风采和韵致，该是何等美妙的生活！于是沿着崎岖的山路拾级攀登，却少有曲径通幽的妙趣，也并无高峰览胜的惊喜。原来在一个虚拟的文字的国度，有创造的自由、轻灵的飞扬，更有规范的桎梏、晦涩的古奥。

踏着准点的铃声走进特藏资料库，机械地翻阅着竖版繁体字的古旧书籍。蛀虫的尸首、水渍的斑痕，还有不可考证的年代里积下的灰尘，随着书页的翻动，在窗外投进的阳光带里欢快地飘飞，享受着从寂寞的孤城解放出来的愉悦。

文字里的世界，是给人抗争的激情、理想的导航，还是慰安的抚摸、短暂的麻醉？总之是无须振臂一呼了，因为应者绝对寥寥；也无须为民请愿了，因为你自己还在做奴隶——物质和精神的奴隶；那谈谈启蒙吧，你就是被被启蒙者启蒙的对象；至于审美，你就一个人躲在象牙塔里慢慢玩吧。在这个时代，人文知识分子能做的，或许只有埋头翻阅那些竖版繁体字的旧书刊，让那些不知年月的灰尘沾满手指。或者趁没感冒的时候去歌厅、舞厅、酒吧、咖啡厅，闻闻那一丝飘然而过的法国香水味？沉默或者堕落，总还是个两可的选择。别老是抱怨什么文人缺钙、知识分子变节，你得看看时代给了他们什么。有谁会甘心做一个乞丐！——无论是乞讨面包还是乞讨思想。在国泰民安的大好时节，中国之大，仍然是放不下一张宁静的书桌的。不信请看：考试的答案把教师当机器，把学生当奴隶，项目和课题评审门外汉决定专家的命运，刊物学报发论文看重的是圈子、资历和头衔……哪里找得到学术的影子？在文字的国度里，思想的声音在哪里？当一篇文章的面世绕开制度封锁和编辑成见，有了向公众表达的机会时，还要向刊物缴纳“版面费”的时候，这些向人类贡献自己思想和智慧的人，何异于一个十足的嫖客?!——付出了自己最宝贵的东西，还要附带接受金钱的惩罚！然而场外的看客还不免时时爆出自己的“不满”：圣洁的东西是不能沾上铜臭的，所以教师不能抱怨自己工资太低，学者不能出现在实验室和书斋之外——不是早就有人说了嘛，鸟儿的腿上拴上金条怎么能飞得高呢？

或许，古佛青灯的生活只适合供他人观瞻。殉道的生活方式也似乎只属于过去。在这个时代，人人都在走自己的路，而且紧紧地跟着大队人马，当你为他人探路的时候，没有人布施，也没有人喝彩，更没有人膜拜。然而当你也想做一个舒坦的跟随者时，倒是绝对有人跳出来，骂你的失职，骂你的变节。总之，你还迂腐寒酸得不够，看客不能从你的痛苦中得到快感，你是失败了！

变天了，阴沉沉的。照例踏着准点的铃声走进布满灰尘的图书之间。没有了直射进来的阳光，也不见了飘飞的灰尘。

或许，尘埃也已落寞。

与房子无关

门

门是某个地方的出入口。

门第可显身份家世。茅舍柴扉作为景点自然有几分返璞归真之趣，但若是寒门弟子的居所，又未免有太多苦难与沉重。平常百姓与高门大户是少有交集的。古人说交朋结友要志同道合，恋爱结婚要门当户对，也不是没有道理。

一所房子，一个人，门面总要有所讲究。外表的修整装饰是金字招牌，招牌精美方可吸引顾客，招牌显眼而能方便寻找，只要不是“金玉其外败絮其中”的徒有其表，不是“死要面子活受罪”的强撑虚荣，内外兼修何罪之有？

做事得有诀窍，解决问题须讲方法，这便是门路。有门便有路，无路便无门。门路广，上天入地左右逢源；门路窄，上天无路入地无门。门路正者走正门，光明正大心安理得；门路歪者走后门，偷偷摸摸提心吊胆。至于好走旁门左道及歪门邪道者，实不足道也。

门是进入的通道。入人室者必开门，有锁之门锁盗贼，无锁之门锁君子，即使有钥匙，心中也要有一把锁；入人心者必真诚，有道是将心比心，唯有以心换心方能打开心门，虚情假意换来的只能是心扉紧锁；入人技者必勤奋，师傅领进门，修行在个人，不苦学钻研永远是个门外汉。

门可进，亦可出。入错门尚可打道回府，一旦被扫地出门便一无所有。

窗

窗，是通风的洞孔，采光的容器；是里外合一的多彩画框，内外隔断的透明的墙；是梦境的装饰，房间的必备。

没有窗，房间就成了牢堡，失去了风的自由、光的希望。不，纵使囚牢也有寸口的窗洞，在固定的时间打开，又关上。开，光明中透着绝望；关，黑暗中心存念想。

一扇窗，两个世界。

里面是书斋的油墨香，或书呆子的迂腐气，是卧室的精彩隐私，是一壶酒、一桌牌、一场争吵，是一架钢琴和一支曲子，是一个家庭的膳食和文明，是一个向往自由与光明的被囚禁的灵魂。

而在窗外，蚊虫飞舞的纷乱、乱花迷眼的沉醉、车水马龙的繁华、田园山野的浪漫，无休止地纷至沓来。间杂着的，还有夜莺的歌喉、七彩的焰火。当然，也有漆黑的夜，可怕的夜的沉默。

窗外有另一个书斋，另一间卧室，另一个被囚禁的灵魂。

在同时打开的两扇窗之间，彼此便成了对方眼中的风景。

窗是房间的眼睛。开与合，全看主人的心情。

打开窗就展开了风景，也撩起了诱惑。

关上窗就赶走了烦恼，也错过了风景。

墙

墙是划分和构筑空间的道具。四面墙壁加上地板、天花板就是一间房间，无数这样的组合就成了高楼大厦。

砖石砌成的墙是有形的。低矮简陋的围墙只是一个势力范围的象征，厚实森严的高墙则具有俨然不可侵犯的威严。墙可与世隔绝，囚禁身体和思想；可挡枪挡炮，防范外界侵扰；可四平八稳，承载压力重量；可遮风挡雨，带来家的温馨。

意识形态的墙是无形的。认识、思想、心灵、政治都是它的构成材料。无形的墙是屏障，防止东风与西风改变各自的方向，屏障在阻挡毒草的同时也阻挡了空气流通。无形的墙是隔阂，隔阂是一堵心墙，由尊严、伤害、误解或仇恨砌成。

有形的墙具体可见。当认识的壁垒消除，误会澄清，人心靠拢，有形的墙就会被推倒，或者形同虚设。

无形的墙真实可感。当心中怨气生长，信任全无，渐行渐远，无形的墙就会越筑越高，变得坚不可摧。

无论如何，墙只是一个道具，是人决定了石墙的存废，是人掌握着心墙的涨消。

园

每个人都希望拥有一个属于自己的园。

这园不可太大，不须有园林之阔，但须有田园之趣，而且一定要在目光所及之内。

这园没有栅栏，没有围墙，无须门来宣示主权，无须窗来遮蔽风景，甚至连阡陌小径也是多余的。一个园只能属于一个人。在主人的眼里，即便是铺天盖地同样的花草，看一眼便知道哪一株属于自己。

园内可以种树，可以种菜，也可以养花。儿时种一园三叶草，阔圆的肥叶憨态相拥。青年时种一株玫瑰，长出一刻心动的爱情。等到老了，种一棵常青树，与它一起慢慢变老。最后种上荒芜，经年不理，收获满园的忧郁与悲伤。

园内有一口地窖，深入地心，用来封存仇恨，珍藏秘密，积攒欢乐与幸福。

这一方园子就在目光所及之内，烦恼时望去，是满眼的无忧草；沉思时自在窗外，安静如斯；迷路时有灯光指引；得意时有暗夜同行。任何时候，推开窗子，可见满园风景，走进园内，可与父母妻儿一同嬉戏游玩。

这是一座没有季节的园，在所有的季节瓜果飘香。

秋天，独坐园内，听远方蟋蟀唱。

无雪的冬季，看远方雪花飞扬。

后　记

记得小时候老师总喜欢问我们长大以后想干什么，想了很久倒是有很多选择，但那时觉得警察太野蛮，军人太辛苦，商人太俗气，农民太没出息，唯有能写出自己正背诵着的优美课文的人才是最了不起的角色。或许人的“灵魂”真可以被“工程师”塑造吧，打那以后，在我心目中，对从事写作的人的那种近乎天然的亲近感一直未曾消退。

系统而自由的写作训练当然是在大学阶段。那时的校园里活跃着一群码字的“文化人”，我也有幸混迹其中。我们逃课、熬夜、办刊物、办报纸、比赛着投稿，然后用稿费轮流请客吃腊蹄子火锅，甚是快哉！我因为从大二开始就准备考研，所以后来主要精力就转移到专业学习上去了。即便如此，大学期间还是发表了数十篇作品，这些作品又以散文为主，兼有诗歌和新闻报道。读硕士研究生的时候创作和发表了一些小说，博士研究生期间因为学业需要，文学批评和学术论文写作自然是主业，但也写过一些散文。现在从事写作教学，各种文学体裁都要兼顾尝试，写作又开始遍地开花了。

当然，之所以坚持创作，并不完全是教学的需要，而是源于一种心理需求的满足。前些年为了改善生活和工作环境不得不去读一个学位，在学术写作的同时总有一颗不安分的心，或者说内心总有一种受到压制的欲望——在单调枯燥的理论文章之外，能自由自主地写一些自己喜欢的文字。文学应该是活的，更应该是美的，绝不是生物实验中被人解剖的青蛙，更不像自然科学研究中的对象那样具体实在，而是充满了感情、灌注着生气的艺术品。我一直认为创作、批评和研究应该是三位一体的，只有真正从事过创作的人，批评时才会有同理心，才不会手持理论大棒四处呵斥，研究时也才会有感性体验作为基础。现代文学史上的文学教授几乎都是作家，是足可以作为当下的某种参照的。所幸在祖国大陆的最南端，我所在的学校活跃着一群热衷于创作的文学教授，我也忝列其中。回想这么多年，散文在我的写作中时密时疏，却一直没有停歇，现在有机会将其中一些篇什结集出版，自然是再高兴不过了。

正如你所看到的，这本书并不厚实，但我愿意告诉你，她是真诚的。

无疑，我是大山的“子民”，“微风吹过山峦”，心头不免荡起阵阵松涛：追忆童年，感恩村庄，感谢贫穷，迷惘未来，怀念故土……那一座阻断而又制造梦想的山峦，那一片爱与恨交织着的土地，那些逝去或健在的父老乡亲，一时间被轻柔的山风唤醒。家乡恩施地处武陵山脉东段、湖北西部，山高路险，养在深闺。她并不生产“施恩”奶粉，却出美女，也出土匪，最大的“特产”就是那些朴实刚毅的山民，以及和我一样走出大山的山民后代。那是曾经连自己人都在免费“宣传”的“穷山恶水”之地，如今动车、高速、机场应有尽有。我无法预想她的未来，却热衷于她过去的苦难与传奇。这一辑里的十多篇文章写的都是村庄里的故事，那是武陵山脉绵绵画卷中一个被人忽视的焦点，一个乡土中国的极致缩影。我想以后，我的笔墨一定还会泼洒到这片土地，溢出那个小小的村落，浸染更为广阔的山色天空。将来我要认认真真地写一写恩施，写一写鄂西，那将是我的“湘西”，我的“高邮”，我的“商州”，我的现实福地和梦中家园。

“在城市的枝头看见乡村的鸟鸣”，一半是诗意，一半是失意。作为一只从山窝窝里飞出来的“凤凰”，注定要卷入城乡二元对立和文化对抗的悖论之中。中国古代从黄土地走出去的读书人外出做官，“退休”后会“荣归故里”成为乡贤，用自己的智慧和资源回报养育自己的土地，而现在呢？村庄里的土地哺育了我们，我们都在用远走高飞来“报答”她，吸走的是土地的营养和乡亲们的血汗，留下的只有虚假的荣耀和离奇的传说。如今的乡村，土地日益干瘪，人口越来越少，人们的口袋越来越鼓，精神却随之大步撤退。从某种意义上说，甚至整个村庄都在慢慢消失。另外，我们步履维艰地行走在城市的边缘，一步一步成为市民，重新回到由钢筋水泥人造而成的村庄里，等待着另一个村庄的消失。有时我在想，我们这些走出村庄的孩子，对于生养我们的那片土地，究竟是一种荣耀呢，还是一种背叛？这一辑里的区区十多篇文章远不能提供理想的答案，她们只能客观地画出我的足迹，记下一个游子的只言片语。

人这一辈子，总要为人子女，为人夫妻，为人父母，为人朋友。我总觉得人与人的相遇是无法选择的，遇见了就会留下不可擦除的印痕，或是良缘，或是孽债。“只如初见”一辑大致可以看作是对有限人生的情感扫描：有爱情，有亲情，有友情；有精准的写实，有概括的抒情；有生的喜悦，有爱的柔软，有死的窒息。“人生若只如初见，何事秋风悲画扇”，何止爱情是如此？一切关乎情感的人生际遇皆是如此！一个人如果能将初见的美好珍藏为一生的回忆，就有足够的勇气经受喜怒哀乐的人生大考验。人是理性的，同时又都是有情感的，正是情感的共通性造就了人性的普遍性，正是情感的丰富性还原了人的鲜活与真实。所以，相对于“修身齐家治国平天下”那一套，我并不认为“小我”的情感书写就没有意义，就是自说自话。相反，我要为她涂上浓墨重彩的一笔，将其献给情同自己的妻女，献给天南海北的亲人，献给九泉之下的父母，还有你——我无所不在的朋友。

“今夜无诗”是我内心深处的一个谎，一句并不时尚的自嘲，一声愤懑无奈的喟叹。那些看似消极的“吐槽”、执着精致的形式、“高傲”的语言和陌生的表达，不得不承认是一种有意为之的主动选择。文学的确要“与时俱进”，但我并不认为写作一定要迁就时代，迁就读者，迁就市场。为了照顾没有酒量的人，就非得在自己的酒杯里掺水吗？我不会喝酒，却喜欢醇酒的芬芳。这一辑所呈现的，是诗意溃散的迷惘，拥尸而眠的豁达，夜饮苦汁的孤独，花季凋零的反差，千年相遇的美好，瞬间错过的遗憾，还有无力反抗时代的尘埃的落寞，与房子无关的满屋的象征。其实这里隐藏着只愿独享的最隐秘的心迹，紧裹着神秘而晦涩的外衣，述说着唯自可知的独语。你可以说这是“学院腔”，是“端架子摆谱”，但那是离心脏最近的文字，我能听见她们的心跳。如果你有足够的耐力能够剥开她的外衣，她将放下堪比生命的矜持委身于你。

该鸣谢了。感谢父母赐我以生命，感谢各路亲人的扶持、人生伴侣的陪伴、女儿带来的欣慰，感谢导师的学术指引、领导的鼓舞关怀、同事的温情和睦、学生的共同成长，感谢出版单位和编辑老师的付出，感谢所有值得感谢的朋友。恕我不一一列名，唯将感动永记心间，时时回味。还要感谢敌人，是你们为我刺破了童话世界的肥皂泡，是你们让我看清了人性的险恶，是你们制造的干扰和挫折促我一步步走向成熟。

文学是一场风花雪月的事：文学是风，风是自由的，自由是文学的天性；文学是花，花是美艳的，美艳是文学的容颜；文学是雪，雪是冷峻的，冷峻是文学的良知；文学是月，月是高洁的，高洁是文学的操守。做自由的学术，写真实的文章，过快乐的生活，谈何容易！在崇尚消费的时代，在文学边缘化的当下，在一切向钱看的沿海，我仍然要不识时务地如此宣称，仍然要如此这般的书生气十足，你又能把我怎么样呢？

史习斌

2015 年 1 月 22 日于湛江